15 Gramm Humor

Autorenvita

Daniel Gelhorn, Jahrgang 1984, nähert sich den Dingen des Alltags durch seine ausgefeilte Beobachtungsgabe sowie durch den Prozess des »einfachen logischen Denkens«. Der Humor kommt dabei nicht zu kurz.

DANIEL GELHORN

15 Gramm Humor

Lachmuskeltraining für Jedermensch

Bibliografische Information der Deutschen Nationalbibliothek
Die Deutsche Nationalbibliothek verzeichnet diese Publikation
in der Deutschen Nationalbibliografie; detaillierte
bibliografische
Daten sind im Internet über http://dnb.d-nb.de abrufbar.

© 2017 Daniel Gelhorn
Umschlagdesign, Satz, Herstellung und Verlag:
BoD - Books on Demand
ISBN 978-3-7431-1028-1

Inhalt

Warum Paperback?	9
Wichtige Überlegungen auf dem Weg zum Vaterwerden!	11
Von Namenstassen und anderen Gegenständen	14
Die Juni/Juli-Problematik	16
Frau Aaron vs. Brigitte Zypries	18
Die etwas anderen Debütanten	20
Bitte schicken	21
Leichenschmaus	23
Vom »heißen« Ehestreit und von wahrer Liebe	25
Der Rechtshänd(l)er	27
Mach mal Pause!	29
Hallo zur Verabschiedung!	30
Was ist ein Ananassist?	31
Ge(h)denken!	32
Betttreten verboten?	34
In der Not durft' ich helfen	36
Stillschweigen und andere Sinnfreiheiten!	38
Von der Problematik eines Damenbartes	40
Die vorgefertigte Meinung über Hans!	42
Der Name Horst	43
Der Name Anna	45

Der perfekte Zeitpunkt	46
Wer ist wem sein was?	51
Ich kann lesen!	53
Zweckgebundene Lügenlieder	56
Apfelessig und Weintrauben	59
Ich bin ganz Ohr!	61
Die Schlacht an der Schlucht	64
Thank you for traveling with Deutsche Bahn	66
Die Ähnlichkeitsanalyse	68
Methusalem – ein erfolgreicher Geschäftemacher	71
Zungenbrecher	75
Die Kripo bittet um Mithilfe	76
Das Leben eines Rauchers – Schall und Rauch?	78
Eine starke Gemeinschaft	80
Mann oder man?	85
Nur gehustet!	86
Gedankenspiele	89
Wo ist das Problem?	92
Warum eine Abmeldung beim Chef so wichtig ist	96
Warum Telefonzellenpflege so wichtig ist	99
Die Rechnung	100
Mit Pinocchio auf der Kirmes	103
Wie wird es wohl im Himmel sein?	107

Wie der Nikolaus zum Stiefelsaufen kam	109
Was ist Polonaise?	112
Alle elf Minuten ...	114
Gute Frage, nächste Frage	117
Die Tücken des Monatsanfangs!	119
Von Quotentiefs, Calgon und »Wetten, dass ...?«	121
Herzliche Einladung	125
Achtung – Eilmeldung	126
Wenn er nachts Piano spielt oder der nette Mann von nebenan	129
Der Betriebsrat	131
Das macht man doch mit links	134
Die Geschichte vom Kaiserschmarrn	136
Der Stadtstart im Stadtstaat	138
Gleich am nächsten Tag	139
Der ganz normale Alltag einer Pastorenfamilie – alles christlich oder was?	141
Niko – der Crack	145
Lügen haben kurze Beine	148
Alles für den Herd	150
Was Frauen wirklich bewegt	152
Klaus Stibitzki und die Vorurteile	155
Das Paradebeispiel	157
Der eingefleischte Vegetarier	160

Vom Wählscheibentelefon oder wenn es schneller gehen muss	163
Messer, Gabel, Schere, Licht	167
Serienhelden und ihre Besonderheiten	169
Aktualität auf dem Prüfstand	171
Hier spielt die Musik	175
Der Wettkampf	177
Der Kindergeburtstag	179
Der Handwerkertag	182
Nachwort	184

Warum Paperback?

Sie werden sich fragen, warum dieses Buch als Paperback-Ausgabe erschienen ist. Nun, das will ich Ihnen erklären. Stellen Sie sich einmal vor, Sie würden ein Buch schreiben. Was würden Sie dabei alles bedenken?

Natürlich wollen Sie Ihr Buch – als Lohn der vielen Arbeit – erfolgreich vermarkten. Dazu gehört beispielsweise eine Anzeige in der Zeitung, eine Rezension in einer Illustrierten, eine Autorenlesung in einer Großstadt – Sie würden sicherlich alles in Ihrer Macht Stehende tun, damit Ihr Buch ein voller Erfolg wird. Aber warum muss es dann Paperback sein?

Was wäre die Alternative? Die Hardcover-Variante wäre verkaufstechnisch ein wenig ungeschickt und obendrein teurer. Jetzt fragen Sie sich mit Sicherheit, warum ich eine Hardcover-Version nicht gerade für verkaufsfördernd halte. Es scheint doch kein Nachteil darin zu liegen!

Und trotzdem gibt es einen. Ich will ihn wie folgt erklären. Stellen Sie sich einmal vor, Sie haben ein Buch gekauft, welches als Paperback veröffentlicht wurde. Sie sitzen zu Hause, lesen und lesen – mittlerweile sind Sie in der Mitte angekommen –, bis es auf einmal an der Tür klingelt.

Sie legen das Buch zusammengeklappt auf den Tisch. An der Tür steht ein guter Freund, dem Sie noch etwas schulden. Er hat Ihnen etwas geliehen und will es nun wieder zurückhaben. Sie finden es nicht auf Anhieb und bitten Ihren Freund, es sich noch ein wenig im Wohnzimmer gemütlich zu machen.

Ihr Freund setzt sich auf die Couch – vor ihm, auf dem Tisch, liegt das Buch. Er sieht es und bemerkt, dass darin bereits gelesen wurde, da der Paperback-Einband etwas in die Höhe ragt. Sie kennen das bei solchen Büchern: Einmal angelesen, kann man sie schwer wieder ganz schließen – vorausgesetzt, man stellt nichts Schweres drauf.

Das Buch ist also etwas geöffnet und Ihr Freund kann einen kleinen Auszug aus dem Buch lesen. Das wäre bei einer Hardcover-Ausgabe nicht möglich. Dieses kleine bisschen, was er zu lesen beginnt, fesselt Ihren Freund so sehr, dass er weiterlesen will. Er nimmt also das Buch zur Hand und fängt an, darin zu blättern – er entdeckt eine spannende Geschichte nach der anderen – und kommt zu dem Entschluss, dass er das Buch unbedingt lesen muss.

In diesem Sinne:

Viel Spaß beim Lesen!

Wichtige Überlegungen auf dem Weg zum Vaterwerden!

Zu den schönsten Momenten im Leben eines Mannes zählen das Heiraten und das Vaterwerden. Deswegen ist es auch nicht schlecht, sich im Vorfeld dieser Ereignisse ein paar Gedanken zu machen, etwa über den Namen, den der Nachwuchs tragen soll, oder auch über das Urlaubsziel für die Flitterwochen. In diesem Text möchte ich auf die wichtigsten Gedanken, die ich mir über die Namenswahl bereits gemacht habe, genauer eingehen.

Jeder Mensch sucht sich seinen Partner bzw. seine Partnerin nach bestimmten Kriterien aus: Sollte er/sie blond und von gewisser Statur sein oder sollten eher die inneren Werte zählen? Der Name der auserwählten Person dürfte dabei eine untergeordnete, wenn nicht sogar überflüssige Rolle spielen. Doch wenn beiderseits ein Kinderwunsch besteht, sollte man sich im Vorfeld im Klaren darüber sein, welchen Namen das Kind einmal tragen soll.

Ich habe mir diesbezüglich gedacht, dass der Name, den mein Kind einmal bekommen soll – egal, ob männlich oder weiblich –, nicht bereits in meinem Verwandtenkreis vorkommen darf. Ansonsten sind Verwechslungen nicht ausgeschlossen und man weiß nicht immer sofort, über welche Lena oder welchen Reinhold gerade gesprochen wird. Außerdem werde ich mein Kind, sollte es ein Mädchen werden, nicht Petra nennen, denn dieser Name klingt ähnlich wie der meines Bruders Peter. Und nun stelle man sich einmal vor, ich sage zu jemandem: »Gib das mal Petra!«, mein Gegenüber versteht: »Gib das mal Peter!« – und schon ist es geschehen. Eventuell könnten auf diese Weise wichtige Unterlagen oder Ähnliches an die falsche Person geraten – vorausgesetzt, es wird nicht weiter nachgefragt, ob tatsächlich Peter gemeint ist.

Aber auch Namen, die auf den Buchstaben S enden, sind für mich tabu, denn hier könnte es zu Missverständnissen kommen. Wenn man zum Beispiel sagen will, dass ein bestimmtes Fahrrad Andreas gehört, so erklärt man: »Das ist Andreas' Fahrrad.« Der Angesprochene könnte aber verstehen: »Das ist Andreas Fahrrad.« Und da man beim gesprochenen Wort logischerweise nicht sehen kann, wie der Name geschrieben ist, muss man rätseln, ob dieses Fahrrad Andreas gehört oder ob es sich um eine weibliche Besitzerin handelt – etwa Andrea. Denn die Schreibweise »Andreas' Fahrrad« sagt aus, dass das Rad einem Andreas gehört, wobei es bei der Schreibweise »Andreas Fahrrad« um das Fahrrad geht, welches Andrea gehört. Außerdem will man ja nicht »Andreasses« oder »Thomasses« Fahrrad sagen, zumal diese Formulierung falsch ist.

Deswegen habe ich den Namen Sandra im Visier, falls mein Kind ein Mädchen werden sollte. Das ist ein schöner Name und er endet nicht auf S. Das einzige

Problem, das hier auftreten könnte, ergibt sich aus der Kombination mit dem Nachnamen. Nehmen wir an, ich kaufe meiner Tochter Sandra einen Basketball, damit sie sich sportlich betätigen kann. Um Verwechslungen vorzubeugen, schreibe ich noch ein »S. G.« auf den Ball. Dieses Namenskürzel trägt aber bereits mein Zwillingsbruder Stefan. Nun könnte also auch der Basketball in den falschen Händen landen.

Es ist also von Vorteil, bereits bei der Namenswahl darauf zu achten, dass Verwechslungen möglichst ausgeschlossen sind. Darum sollte der Name meiner Kinder nicht nur innerhalb des Verwandtenkreises einzigartig sein, sondern es sollten nach Möglichkeit auch Namenskürzelverwechslungen ausgeschlossen sein.

Von Namenstassen und anderen Gegenständen

Ich liebe Namen, die auch auf einer Namenstasse zu finden sind, zum Beispiel Sandra oder Martin. Wenn jedes Familienmitglied eine Namenstasse bekommt, ist ein Familienstreit bezüglich der Frage, aus welcher Tasse der Martin trinken soll, im Vorhinein ausgeschlossen. Sollte meine Frau einen seltenen Namen haben, dann hat sie Pech gehabt. Schließlich muss sie mit dem Namen und der in einem solchen Fall sehr hohen Wahrscheinlichkeit, keine Namenstasse zu bekommen, leben. Doch gesetzt den Fall, dass jedes Familienmitglied eine eigene Namenstasse erhalten kann, weiß auch jeder, welche Tasse er zu nehmen hat. Ich werde meine Kinder dann auch dahingehend erziehen, dass die eigene Namenstasse ihre Lieblingstasse sein sollte. Denn sollte Sandra eine normale Tasse, die vielleicht schön aussieht, aber keine Namenstasse ist, versehentlich kaputtmachen, so könnte Martin zwar sagen: »Du hast meine Lieblingstasse kaputtgemacht!«, jedoch könnte Sandra mit dem Satz »Es war aber nicht *deine* Tasse!« kontern. Und wenn die Martin-Namenstasse tatsächlich die Lieblingstasse von Martin wäre, würde Sandra aus zweierlei Gründen nicht auf diese Tasse zurückgreifen. Erstens ist es nicht ihre Tasse, denn sie hat eine eigene. Zweitens würde sie stets nach ihrer Lieblingstasse greifen – und diese wäre nun mal ihre Namenstasse. So ist jedes Familienmitglied für seine eigene Tasse verantwortlich.

Übrigens gibt es nicht nur zerbrechliches Namensgut, sondern auch personalisierte Babyartikel, wie zum Beispiel Namens-Lätzchen. Allerdings muss hier nicht so streng darauf geachtet werden, dass nur der Namensträger das entsprechende Namens-Lätzchen benutzen darf. Da die Kinder in dem Alter, in welchem sie noch Lätzchen brauchen, nicht lesen können, könnte ich als Vater den Martin auch mal mit einem Sandra-Lätzchen um den Hals füttern – und keiner würde Stress machen.

Über die Länge des Namens sollte man sich auch Gedanken gemacht haben. »Ihr Name auf einem Reiskorn!« Diese Werbung gibt es auf dem Schützenfest. Und wenn man das im Vorfeld weiß, dann kann man überlegen, ob man dem Reiskornbemaler viel Arbeit machen oder ihm entgegenkommen will. Ich weiß nur nicht, ob man bei dieser Reiskornnamensbeschriftung pro Buchstaben oder pro vollständigem Namen bezahlt. Für den Fall, dass man pro Buchstaben bezahlt, würde sich der Name Jan anbieten. Ist es jedoch egal, wie lang der Name ist, dann kann der Sohn auch Sebastian heißen. Oder man nimmt einen Doppelnamen wie etwa Klaus-Dieter.

Die Juni/Juli-Problematik

Es ist vermutlich nicht jedem auf Anhieb klar, was an den beiden Monaten Juni und Juli problematisch sein könnte. Wenn ich von einer Juni/Juli-Problematik spreche, beziehe ich mich damit auf den möglichen Geburtsmonat meines Kindes.

Man stelle sich einmal vor, mein Sohn Martin hätte am 11. Juni Geburtstag. Das könnte ihm gleich zweimal nicht passen. Nehmen wir an, er sagt seinen Freunden: »Ich lade euch am 11. Juni zu meinem Geburtstag ein«, dann könnte es sein, dass die Freunde verstehen, es sei der 11. Juli gemeint. Ohne weiter nachzufragen, nehmen sich seine Freunde vor, ihn am 11. Juli zu besuchen. Doch am 11. Juli ist Martins Geburtstag schon einen ganzen Monat her. Und mein Sohn hat seinen Geburtstag ohne Freunde gefeiert.

Das zweite Problem, das man bezüglich des 11. Juni als Geburtsdatum anführen könnte, ist auch leicht erklärt. Es gibt Menschen, die sagen nicht »elf«, sondern »ölf«. Mögen die Freunde also tatsächlich den Juni verstanden haben, so könnten sie – sollte mein Kind statt »elf« tatsächlich »ölf« sagen – »zwölf« verstehen. Und somit kämen sie am 12. Juni – was auch schon wieder zu spät wäre.

Aus diesem Grund müsste ich mit der Kinderplanung spätestens im August beginnen, wenn möglich sogar noch früher. Denn so wäre nahezu ausgeschlossen, dass mein Kind zeit seines Lebens unter der Juni/Juli-Problematik zu leiden hätte. Ich müsste also genau genommen während dieser Problemzeit – also dem sechsten bzw. siebten Monat des Jahres – mit der Kinderplanung beginnen, um auf alle Fälle ausschließen zu können, dass das Juni/Juli-Problem für meine Kinder zum Desaster wird.

Wie mir mal zu Ohren gekommen ist, kann man bei einer Geburt in gewisser Weise »nachhelfen«, was bedeutet, dass man sein Kind theoretisch auch an einem persönlichen Wunschtermin entbinden lassen könnte. Da ich nur das Beste für meine Kinder will, würden mir da gleich zwei Termine einfallen. Zum einen der 1. Mai und zum anderen der 3. Oktober. Bekanntlich sind der »Tag der Arbeit« und der »Tag der Deutschen Einheit« Feiertage, weshalb meine Kinder an ihrem Geburtstag immer frei hätten. Es sei denn, sie arbeiten später in der Gastronomie. Sollte es eines meiner Kinder beruflich in diese Branche verschlagen, so habe ich mir nichts vorzuwerfen. Dass sie in diesem Falle auch mal an ihrem Geburtstag arbeiten müssten, wäre dann ihr selbst gewähltes Risiko.

Frau Aaron vs. Brigitte Zypries

Bei einer Hochzeit nimmt die Ehefrau im Regelfall den Nachnamen des Mannes an. Es ist jedoch auch möglich, als Mann den Nachnamen der Frau anzunehmen. Dies kann in gewissen Fällen durchaus Vorteile haben – und für den gemeinsamen Nachwuchs kann die Wahl des Familiennamens eine nicht unwesentliche Rolle spielen.

Doch wichtiger noch als die Namenswahl scheint mir die Erziehung zu sein. Daher finde ich es wichtig, mir zunächst einmal selbst darüber klar zu werden, wie ich mein Kind erziehen will. Zwar versteht es sich nicht von selbst, dass in der Erziehung alles glatt läuft, denn jeder Mensch hat seine Macken. Doch ich würde zusammen mit meiner Frau versuchen, mein Kind freundlich, aber vor allem fleißig zu erziehen. Denn ohne Fleiß kein Preis. Wer fleißig ist, der bekommt in der Schule gute Noten. Ein solcher Mensch wird zwar gerne mal als Streber bezeichnet, aber ich werde meinen Kindern schon verklickern, dass die Zeugnisse und nicht die dummen Sprüche der Mitschüler am Ende von Bedeutung sind. Wenn meine Kinder fleißig sind und in der Schule gut mitkommen, so freut es mich nicht nur als Vater, sondern auch die Kinder selbst. Und wenn sie fleißig sind, dann haben sie in der Schule auch nichts zu befürchten.

Es gibt in der Schule oft genug die Situation, dass die Zensuren vor der Klasse besprochen werden. Ich möchte an dieser Stelle noch mal erwähnen, dass es deshalb so wichtig ist, den eigenen Nachwuchs fleißig zu erziehen. Denn mit Fleiß kann ein Kind auf jeden Fall der öffentlichen Zensurenverlesung ohne Furcht entgegengehen.

Warum heißt dieses Kapitel »Frau Aaron vs. Brigitte Zypries«? Aus folgendem Grund: Ich könnte mit der Wahl des Familiennamens dafür sorgen, dass mein Kind ziemlich am Anfang oder aber am Ende der Verlesung drankommt, da ja auch ich als Mann den Nachnamen meiner Frau annehmen kann. Somit käme mein Kind entweder ganz zu Anfang dran oder müsste sehr lange warten. Aber dazu müsste ich entweder eine Frau Aaron oder Brigitte Zypries heiraten. Frau Zypries wäre für mich jedoch zu alt und eine Frau Aaron müsste ich erst einmal finden, kennenlernen und lieb gewinnen. Jedoch ist mir klar, dass ich meine Wahl nicht zwingend am Nachnamen festmachen sollte – sonst finde ich nie eine Frau. Und für mich zählen doch eher die inneren Werte.

Aber auch für das Urlaubsziel in den Flitterwochen hätte ich einen Vorschlag. Aufgrund meines schlechten Orientierungssinnes würde ich meine Flitterwochen sehr gerne in Rom verbringen. Es heißt schließlich: »Alle Wege führen nach Rom!« Sollte eine Frau, die mich liebt, wirklich gerne mit mir zusammen sein, dann sollte sie sich auch bereits Gedanken über unsere gemeinsame Zukunft gemacht haben. Und unsere Gemeinsamkeiten würden wir dann in Rom besprechen ...

Die etwas anderen Debütanten

Ein respektvoller Umgang miteinander ist Gold wert. Doch leider gibt es in vielen Familien Streit, der eigentlich nicht sein muss. Dort werden die Eltern vom eigenen Nachwuchs gedemütigt und in besonders krassen Fällen sogar tätlich angegriffen. Generell herrscht in solchen Familien einfach ein raues Klima. Da werden die Eltern respektlos behandelt. Da heißt der Vater nicht mehr Papa und wird vor den Freunden nicht als Vater bezeichnet, sondern es handelt sich eher um den »Alten«! Und die Mutter wird oft als »Die Olle« betitelt. Doch in diesem ganzen Chaos kann der respektlose Nachwuchs – es sind meist Jugendliche – nicht mehr Verwandtschaft und Bekanntschaft auseinanderhalten. So werden Frauen, die einem auf die Nerven gehen, gerne als »Tanten« bezeichnet. Da hört man oft Sätze wie: »Was will die alte Tante von dir?«

Es ist schwer zu sagen, wie man diesen Jugendlichen ihren besonders eigenwilligen Sprachstil abgewöhnen kann. Doch jeder, der diesen Slang zu sprechen pflegt, wird mir wohl bestätigen können, dass es sich, wenn mehrere Frauen im Mannschaftssport (wie etwa beim Frauenfußball) ihr Debüt feiern, um Debüt-Tanten handelt.

Bitte schicken

Mein Magen knurrt – ich muss sofort etwas Leckeres essen. Worauf habe ich Hunger? Vielleicht auf Pizza? Oder möchte ich Chinesisch haben? Nein, ich glaube, ich gehe zur Grillbude und genehmige mir leckere Chicken. Obwohl – die haben auch einen Bringdienst. So beschließe ich: Ich lasse mir Chicken schicken.

Ich rufe also an und die Frau am Telefon sagt: »Wir haben reichlich Auswahl.« Ich gebe der Dame zu verstehen, dass ich nur Chicken essen will und großen Hunger verspüre. Da fragt die Frau: »Sollen wir die Chicken checken, bevor wir die Chicken schicken?« »Wozu wollen Sie die Chicken checken?«, frage ich erstaunt. »Nun ja«, sagt die Dame, »es ist schon vorgekommen, dass wir dem Kunden etwas aufgetischt haben und dieser seine Mahlzeit nicht schick genug fand.« Daraufhin gebe ich zu verstehen: »Schönheit liegt im Auge des Betrachters. Aber wenn Sie wollen, können Sie die schicken Chicken checken, bevor Sie mir die schicken Chicken schicken.«

So checkt die Frau also die Chicken und stellt fest, dass die Chicken zu den schicksten Chicken gehören, die sie jemals zu checken vermochte. Sie schickt mir die schicken Chicken und ich bekomme die geschickten Chicken.

Für mich bleibt einmal mehr festzuhalten, dass nur derjenige, der Chicken checkt und schick findet, auch schicke Chicken schicken kann, da er ja vorher die schicken Chicken checken konnte. Von daher ließ ich mir ohne Weiteres die schicken, gecheckten Chicken schicken und schmecken.

Leichenschmaus

Der Leichenschmaus findet im Anschluss an eine Beerdigung statt. Dabei geht es darum, sich nach der Beisetzung des Verstorbenen untereinander über dies und das auszutauschen – nicht alleine deswegen, um die positiven Eigenschaften oder lustigen Begebenheiten, die man durch und mit dem Verstorbenen erfahren hat, nochmals zu erwähnen. Das sorgt in der Regel wieder für gute Stimmung und niemand muss traurig nach Hause gehen.

Manch ein Verstorbener hat ja auch vor seinem Ableben ein Testament geschrieben. Hierbei war es ihm wichtig, seinen letzten Willen kundzutun. Diesen Wunsch will dem Toten gewöhnlich niemand nehmen. So ist also das geschriebene Wort Gesetz für jeden Angehörigen. Es ist möglich, dass der Verstorbene in seinem Testament vermerkt hat, welche Musik auf seiner Beerdigung gespielt werden soll – ein unbedingt einzuhaltendes Muss für die Veranstalter und Planer der Beerdigung. Und zu guter Letzt kann der Verstorbene noch zu Lebzeiten verfügt haben, was wohl auf seinem Grabstein zu stehen hat.

Bei der Wahl des Spruches für den eigenen Grabstein kann jeder, der möchte, seiner Kreativität freien Lauf lassen. Sätze wie »Wer mich kannte, musste mich mögen« oder »Wenn ich nicht tot wäre, wär' ich noch am Leben« sind etwas provokant für die Hinterbliebenen, können aber dabei helfen, besser über den Verlust hinwegzukommen. War der Verstorbene als Scherzkeks bekannt, so kann man diesen Grabsteinspruch auch als typisch für seine Wesensart ansehen.

Gibt es einen Todesfall zu beklagen, ist auch immer die Frage interessant, wie bzw. woran ein Mensch gestorben ist. Hatte er eine schwere Krankheit oder ist er durch eigenes Verschulden zu Tode gekommen? Bei lang verheirateten Ehepaaren könnte man manchmal vermuten, dass sie sich vielleicht an einem Ehestreit die Zähne ausgebissen haben – und die Situation könnte eskaliert sein.

Wie bereits erwähnt, wird das gemeinsame Essen nach der Beisetzung »Leichenschmaus« genannt. Dieser Leichenschmaus ist ein wahres »Dinner for one« – nämlich für die verstorbene Person. Dabei wird natürlich nicht die Leiche, sondern herkömmliche Nahrung zu sich genommen, obwohl der Begriff »Leichenschmaus« dies eventuell vermuten lassen könnte.

Bei den Kannibalen bedeutet »Leichenschmaus« wohl noch einmal etwas ganz anderes. Genauso bekommen auch Sätze wie »Du bist zum Anbeißen«, »Ich habe dich zum Fressen gern« oder auch »Friss oder stirb« unter Kannibalen eine ganz wörtlich zu nehmende Bedeutung. Und ein Kannibale, der keine Lust hat, mit seinem Sohn zu spielen, sagt einfach: »Mit Lebensmitteln spielt man nicht!«

Vom »heißen« Ehestreit und von wahrer Liebe

Bei einem Streit unter Eheleuten kann es zuweilen heiß hergehen. Ein Mann, der eine höchst emotionale Frau geheiratet hat, sollte ihr seine tiefsten Geheimnisse deshalb am ehesten im Winter erzählen – und im Vorfeld lieber schon mal die Feuerwehr rufen. Sie fragen sich, warum das nötig ist? Das liegt doch auf der Hand. Nehmen wir an, der Mann kommt im tiefsten Winter von der Arbeit nach Hause. Obwohl er schon die Wohnung betreten hat, ist ihm noch immer sehr kalt. Da er aber zu geizig ist, die Heizung aufzudrehen, zieht er es lieber vor, mit seiner Frau zu kuscheln. Dabei fällt ihm möglicherweise auf, dass seine Frau nicht besonders heiß ist, und er überlegt, wie er dies ändern könnte. Ein Spruch besagt: »Was ich nicht weiß, macht mich nicht heiß.« Im Umkehrschluss bedeutet das also: »Was ich weiß, macht mich heiß.« Nun hält es der Mann für angebracht, seiner Frau seine tiefsten Geheimnisse zu erzählen, er muss sie ja schließlich so richtig zum Kochen bringen. Denn je heißer sie wird, umso wärmer wird voraussichtlich die Wohnung – und die Wohnung ist geheizt, obwohl man keine Heizung aufgedreht hat. Falls sich aus diesem Experiment eventuell ein Wohnungsbrand ergibt, wäre dieses Problem auch schnell behoben, da die Feuerwehr vorsichtshalber bereits zuvor angeheuert worden ist.

Es kommt immer wieder vor, dass ein sehr alter Mann – ein »alter Knacker«, wie man gemeinhin sagt – sich eine viel jüngere Frau angelt. Oft meinen dann Außenstehende, dass das doch keine echte Liebe sein könne. Aber was ist denn die echte, wahre Liebe? Juliane Werding singt in ihrem Lied »Stimmen im Wind« den Satz: »Menschen, die sich lieben, sterben nie!« Natürlich muss jeder Mensch irgendwann einmal sterben. Deshalb könnte man wohl eher behaupten, dass man umso länger lebt, je mehr man liebt. In Anbetracht dessen möchte ich festhalten, dass Johannes Heesters seine Frau wirklich sehr geliebt haben muss. Er wurde immerhin stolze 108 Jahre alt – aber mittlerweile ist auch er tot. Wahre Liebe gibt es dann wohl doch nicht. Aber ich bin mir sicher, wäre seine Frau eine Kannibalin, sie hätte ihren Jopi trotzdem noch zum Fressen gern.

Der Rechtshänd(l)er

Rechtshänder gibt es wie Sand am Meer – Linkshänder sind bekanntlich in der Minderheit. Und Minderheiten haben oftmals einen Gedenktag – so auch Linkshänder. Der Amerikaner Dean R. Campbell rief 1975 die »Lefthanders International«, die weltweit erste Vereinigung für Linkshänder, ins Leben. Der Linkshändertag wurde am 13. August 1976 erstmals gefeiert – er fiel auf einen Freitag! Campbell wollte damit sicherlich beweisen, dass dieser bei vielen Menschen so verhasste – weil mit Unglück verbundene – Tag auch gefeiert werden kann, wie es viele Linkshänder – zumindest diejenigen, die davon wissen – seitdem wahrscheinlich tun.

Ich persönlich verwechselte ja früher die Rechtschreibung mit der Rechtsschreibung und glaubte, es gäbe auch eine Linksschreibung. Mich verwunderte, warum auf dem Zeugnis nur die Rechtschreibung benotet wurde und man die Linksschreibung außer Acht ließ und warum auch ein Linkshänder in Rechtschreibung benotet wurde, obwohl er doch mit links schrieb. Später habe ich verstanden, wo hier der Denkfehler lag: Es heißt eben nicht »Rechtsschreibung«, sondern »Rechtschreibung« – eine »Linksschreibung« hat es dagegen nie gegeben – zumindest gab es keine Zensur dafür.

Des Weiteren muss man einen Rechtshänder natürlich von einem Rechtshändler unterscheiden. Den Rechtshänder kennt ohnehin jeder. Den Rechtshändler hingegen stelle ich mir sehr radikal vor. Er handelt mit Waren aus der rechten Szene und schreibt nicht nur mit rechts, sondern sieht zu, dass bei ihm im Allgemeinen alles mit rechten Dingen zugeht ...

Mach mal Pause!

»So, jetzt können die Raucher eine kurze Raucherpause machen!«, ruft der Lehrer seiner Klasse zu, als die Schulglocke die kleine Pause einläutet. Jeder weiß, was mit diesem Satz gemeint ist, doch ganz genau betrachtet, hat er eine ganz andere Aussage.

Im Allgemeinen versteht man unter einer anberaumten »Raucherpause«, dass die Raucher sich nun eine Pause genehmigen können, um zu rauchen. Dabei bedeutet das Wort »Raucherpause« streng genommen, dass der Raucher eine Pause vom Rauchen macht. Dies ergäbe dann Sinn, wenn der Raucher sich als Kettenraucher entpuppt und nur gelegentlich – eben zu den meist festgelegten Zeiten, wie etwa zur Mittagspause – das Rauchen unterbricht. Deshalb müsste die »Raucherpause« richtigerweise »Rauchunterbrechung« heißen. Stattdessen versteht ganz Deutschland darunter: »Die Raucherpause ist zum Rauchen da« – und sei sie noch so kurz ...

Hallo zur Verabschiedung!

Wie bitte? Das macht doch keinen Sinn! In der Politik schon. Dort werden Gesetze in Kraft gesetzt – doch bevor sie tatsächlich in Kraft treten, werden sie verabschiedet. Die Opposition, die sich von der Meinung der Regierung distanziert, würde das verabschiedete Gesetz am liebsten, der ursprünglichen Wortbedeutung gemäß, tatsächlich verabschieden – während die Regierung selbst das verabschiedete Gesetz begrüßt. Doch wenn man ein Gesetz verabschiedet, um es in Kraft zu setzen, dann müsste man es doch rein theoretisch begrüßen, um es außer Kraft zu setzen ...

Was ist ein Ananassist?

Leider gibt es auf der Welt viel Ungerechtigkeit und Menschenfeindlichkeit. Nicht selten ist Rassismus die Ursache dafür. Im Allgemeinen sind Rassisten Menschen, die etwas gegen Menschen anderer Herkunft, Abstammung oder Nationalität (Türken, Russen, besonders aber gegenüber Farbigen) haben. Leider ist rassistische Gewalt in Neonazi-Kreisen an der Tagesordnung. Oft gibt es dabei Schwerverletzte, in selteneren, aber dennoch häufig genug auftretenden Fällen sind Todesopfer zu beklagen.

Weitaus weniger gefährlich ist der Ananassist. Dieser nämlich verabscheut abgrundtief jeglichen Kontakt mit der Frucht Ananas. Sein absoluter Hass richtet sich also nicht auf Menschen, sondern auf die aus seiner Sicht ekelhafteste Frucht der Weltgeschichte, der »verbotenen Frucht« Ananas. Sein ganzes Denken, Fühlen und Handeln – also seine ganze Gesinnung – ist darauf ausgerichtet, eine Ananas am liebsten weder anzuschauen noch anzufassen – geschweige denn zu essen. Letzteres kommt einem Ananassisten noch nicht mal in den Sinn. In einem Spiel, in dem es nur noch um die »Goldene Ananas« geht, verliert er absichtlich, und außerdem macht ein Ananassist *NIEMALS* Urlaub auf Hawaii!!!

Ge(h)denken!

Die Vorsilbe »ge-« bzw. »Ge-« ist in der deutschen Sprache sehr gebräuchlich. Was kann man nicht alles »ge-ieren«? Da zahlt der Chef seinen Untergebenen das monatliche Ge-halt, der Mitarbeiter wird ge-feuert, die Regierung wird ge-wählt, der Chefarzt hat ge-pfuscht (kommt eventuell aus P(f)uschendorf), ein Tag wird zum Ge-denktag für eine bestimmte Sache ernannt usw. Aber wenn jemand vom »Gedenken« spricht, kann ein anderer darunter auch eine Aufforderung verstehen, nämlich: »Geh denken!« – damit könnte er sich zum Denken aufgefordert fühlen. Mit dem Wort »Gehweg« und der Aufforderung »Geh weg!« verhält es sich genauso. Ich kann damit den Weg meinen, den man entlang spaziert, oder ich kann jemanden dazu auffordern, wegzugehen. Solche Unklarheiten oder Zweideutigkeiten können jedoch nur beim gesprochenen Wort auftreten, nicht beim geschriebenen.

Ähnlich verhält es sich bei einer Gehhilfe. Diese benötigt man, wenn man nicht mehr alleine auf den Beinen stehen kann. Selbst, wenn nur ein Bein entsprechend kränkelt, kann man in den Besitz einer Gehhilfe gelangen. Es gibt aber auch noch einen Gehilfen. Der Gehilfe übt die Funktion eines Assistenten aus – so hilft er etwa, als schlimmer Finger, seinem Komplizen bei einem Raubüberfall in der Nacht und assistiert ihm bei der ungestörten Ausübung seiner überaus schrecklichen Tat. Weniger skurril wäre die Unterstützung durch einen Gehilfen bei einer Zirkusaufführung. Assistieren kann auch der Schüler seinem Chemielehrer – dieser sucht sich zuvor jemanden aus, bei dem die Chemie stimmt – es wäre ihm sehr zu wünschen ...

Betttreten verboten?

Man stelle sich einen stotternden Türsteher vor, der vor einer Diskothek steht und sagt: »Betttreten verboten!« Dies bedeutet nicht etwa, dass keiner mehr in die Diskothek hinein darf, sondern lediglich, dass es verboten ist, ein Bett zu treten. Ansonsten müsste es »Betreten verboten« heißen.

Die Schreibweise »Betttreten« kann jedoch auch richtig sein, wenn man nämlich tatsächlich das Betttreten meint. Übersichtlicher liest es sich natürlich, wenn man einen Bindestrich setzt und »Bett-Treten« schreibt.

In manchen Fällen ist es besonders geboten, auf eine richtige Zusammen- und Getrenntschreibung zu achten, nämlich dann, wenn eine fehlerhafte Schreibweise für ein Missverständnis mit bösen Folgen sorgen könnte. Beispielsweise hängt manchmal an der Tür zu einer Diskothek ein Schild mit der Aufschrift »Eintritt frei« oder »Für Geburtstagskinder Eintritt frei«. Jedoch kann dieser Satz – leicht verändert geschrieben – ein schmerzhaftes Desaster auslösen, nämlich dann, wenn man »Ein Tritt frei« schreibt. Dieser als Aufforderung zu verstehende Satz erlaubt es nämlich, jemanden zumindest einmal unentgeltlich treten zu dürfen – und diese Erlaubnis wird sogar schriftlich gegeben!

Es ist also wichtig, stets auf die richtige Schreibweise zu achten, damit kann man derartige Missverständnisse vermeiden. Hilfreich ist es dabei immer, sich das geschriebene Wort ganz genau anzuschauen.

In der Not durft' ich helfen

Egal, ob Missionsgesellschaft, Kirche oder Sportverein, all diese Organisationen haben eins gemeinsam: Sie rufen gerne zum Spenden auf. Des Spenders wohl wertvollstes Gut soll es meistens sein – das Geld. Zugegeben: Mit Geld lässt sich viel erreichen. Schließlich gibt es auf der Welt nichts geschenkt – außer vielleicht die Apothekenumschau.

Doch was lässt sich außerdem spenden? Zunächst muss man wissen, wem man etwas spenden will. Denn man kann nicht jedem alles schenken. Nützliches kann auch unnütz sein, zumindest dann, wenn man es der falschen Person schenkt.

Was dem Blinden eine Brille, dem Tauben ein Radio und dem Stummen ein Sprachkurs, das ist der Frau ein Rasierer. Allesamt sind diese Geschenke für den Nutznießer eines: unbrauchbar. Man sollte also genau wissen, was dem Beschenkten Freude bereiten kann. Es macht nur selten Sinn, einer Frau ein Rasierset zu spendieren – etwa dann, wenn sie einen Damenbart trägt. Beim Spenden gibt es keine festen Regeln. Es ist einfach nur so, dass jeder, der sich dazu bereiterklärt, etwas zu spenden, das geben soll, was er geben kann.

Nun stelle man sich mal vor, ein Schuster, ein Frisör, ein Bademeister, ein Übeltäter (er schlug wahllos ein Kind mit einer Nuss nieder) und ein Zahnarzt streiten sich über die 95 Thesen, die Martin Luther an die Schlosskirche in Wittenberg anschlug. Sie schließen untereinander eine Wette ab: Sie wollen alle nach einer Woche die 95 Thesen im Wortlaut und sogar in der richtigen Reihenfolge aufsagen können. Für jede richtige These spenden sie eine Sache ihrer Wahl an Bedürftige.

Eine Woche später kommen alle zum vereinbarten Treffpunkt. Der Schuster fängt an, die Thesen aufzusagen, kommt auch recht weit, weiß jedoch nach kurzer Zeit nicht mehr weiter. Er tritt auf der Stelle. Der Übeltäter schafft gerade mal eine einzige These und der Bademeister versucht als Nächster sein Glück – doch auch er geht baden. Der Frisör legt so richtig los und wähnt sich selbst schon auf dem Siegertreppchen – doch anschließend legt der Zahnarzt noch einen Zahn zu und gewinnt schließlich die Wette.

Nun kommt es zur Verkündigung der Wetteinsätze. Der Schuster wäre am besten gleich bei seinen Leisten geblieben – er verspricht jedoch, pro genannter These ein Paar Schuhe an Bedürftige zu spenden. Auch der Bademeister, der während seiner Aufzählung ins Schwimmen geriet, spendet für jede genannte These jeweils eine Freikarte für sein Schwimmbad. Der Frisör, der den ersten Platz nur haarscharf an den Zahnarzt abgeben musste, versprach für jede These einen kostenlosen Haarschnitt. Der Übeltäter spendet für seine unterirdische Leistung seine Täternuss an das verletzte Kind, und der Zahnarzt freut sich über seinen knappen Sieg und spendet seinen Patienten einen Zahn pro These.

Stillschweigen und andere Sinnfreiheiten!

Wenn etwas geheim bleiben soll – etwa gewisse Inhalte einer Besprechung –, dann vereinbart man über das Besprochene sogenanntes Stillschweigen. Aber warum heißt es eigentlich »Stillschweigen«? Besser gefragt: Kann man auch laut schweigen? Wie würde das aussehen? Und was ist eigentlich das Gegenteil von Stillschweigen? – Klar: Laut reden! Das machen viele Menschen täglich. Besonders wird es einem beim Bund zuteil. Aber bevor ich mich so sehr anbrüllen lasse, lobe ich mir doch lieber das Stillschweigen.

Ebenso komisch finde ich die Aussage, dass jemand »Unmengen an Blut« verliert, was schlicht und einfach bedeutet, dass er eine ganze Menge Blut verliert. Es ist somit egal, ob man eine »Menge« oder eine »Unmenge« Blut verliert – man verliert so oder so. Worin besteht dann der Unterschied zwischen einer »Menge« und einer »Unmenge«? Das ist irreführend. Wer denkt sich so etwas bitteschön aus? Bei den Worten »Ordnung« und »Unordnung« hingegen bedeutet das erste Wort das Gegenteil des zweiten und nicht dasselbe, wie etwa bei »Menge« und »Unmenge«. Bei dem Wort »Unterbewusstsein« verhält es sich wiederum anders, denn es gibt bis dato kein »Terbewusstsein« – höchstens ein »Teerbewusstsein«, was zum Beispiel bedeuten könnte, dass Straßenbauarbeiter sich des Teers auf der Straße oder Raucher sich des Teers in der Zigarette bewusst sind.

Nicht so doppelt gemoppelt – aber doch ebenso irreführend – ist das Wort »Schlagsahne«, welches die geschlagene Sahne bedeutet. Je nach Aussprache des Wortes »Schlagsahne« kann ein anderer jedoch auch eine Aufforderung heraushören. Wenn der Bäckerlehrling beispielsweise fragt: »Was soll ich machen?«, so kann ihm sein Ausbilder den Auftrag erteilen: »Schlag Sahne!«

Auch irgendwie witzig sind Hinweisschilder mit der Aufschrift »Vorsicht Lebensgefahr«, denn es gibt ja auch Schilder, die direkt über eine bestehende Todesgefahr informieren. Warum vor einer »Todesgefahr« gewarnt wird, ist mir verständlich, aber warum vor einer »Lebensgefahr«? Was könnte im Falle einer »Lebensgefahr« passieren? Im schlimmsten Fall würde man leben. Und leben wollen wir doch alle! Aber jetzt mal Butter bei die Fische – im Endeffekt wird auch mit dem Hinweis »Vorsicht Lebensgefahr« vor dem mehr oder minder sicheren Tod gewarnt. Es ist also egal, ob vor Lebens- oder Todesgefahr gewarnt wird, im Normalfall ist man in beiden Fällen tot.

Von der Problematik eines Damenbartes

Auf der Welt gibt es sehr viel Streit unter den Menschen. Wer sich oft streitet, der wird nicht selten gemieden. Menschen, die es oft auf einen Streit absehen, sagt man gerne nach, sie hätten Haare auf den Zähnen. Das bedeutet, dass man von diesen Leuten gut und gerne mal etwas scharf angemacht wird. Kritik und Geschrei inklusive.

Genau genommen gibt es nicht nur Menschen, die diese sogenannten Haare auf den Zähnen haben – nein, es existieren auch Menschen mit Haaren an den Lippen. Diese Geschöpfe tragen folglich einen Bart. Und einen Bart können auch Frauen haben – einen sogenannten Damenbart.

Einen solchen Bart will ich nun einmal als »Mundhaare« bezeichnen – denn schließlich befindet sich der Bart – ob in Form eines Vollbartes oder eines Schnäuzers – entweder rings um oder in der Nähe des Mundes. Und wenn nun eine Frau zufällig einen Damenbart trägt und sich zu rasieren versucht, muss das – gerade weil sie eine Frau ist – nicht immer komplett funktionieren. Vielleicht bleibt ein Teil des Damenbartes sichtbar – etwa gewisse Bartstoppeln, die ich an dieser Stelle, wie gesagt, einfach mal als Mundhaare klassifizieren möchte. Heißt diese Frau nun auch noch Monika, sind besonders Kinder immer ganz schnell dabei, nach passenden Spitznamen zu suchen. Sie sprechen dann von einer »Haarmoni« oder einer sogenannten »Mundhaar-Monika«. In diesem Falle bekommt auch die Bezeichnung »Der Junge mit der Mundhaar-Monika« eine völlig neue Bedeutung. Und wenn eine Monika mit Bart auf Männerfang geht, so dürfte sie – das liegt wohl in der Natur der Sache – nicht so viel Erfolg haben, als wenn sie keinen Bart zu beklagen hätte. Vielleicht muss der richtige Mann für sie erst noch gebacken werden? Möglicherweise sollte sie öfters mal einen Hermann machen – das ist ein aufwändig zubereiteter Kuchen. Den findet zumindest sie dann schon mal zum Anbeißen ...

Die vorgefertigte Meinung über Hans!

Über den Namen Hans gibt es zahlreiche gängige Redensarten, die teilweise eine negative Bedeutung transportieren. Wenn man sagen will, dass eine bestimmte Sache nicht jeden betrifft, so sagt man: »Das muss ja nicht jeder Hans Wurst mitkriegen.« Auch wenn man jemanden als Träumer bezeichnet, sagt man: »Der geht durch die Weltgeschichte wie ein Hans Guck-in-die-Luft!« Aber es gibt zum Glück nicht nur den »Hans Guck-in-die-Luft«, sondern auch den Hansi Hinterseer. Hansi ist sicherlich nur die Koseform von Hans, und deshalb sei hier auch ein kleines Namensexperiment erlaubt: Variieren wir zu diesem Zweck die Schreibweise seines Nachnamens ein wenig, schreiben wir den Hansi Hinterseer einfach mal »Hansi Hinterseher«, dann haben wir nicht nur einen Hans, der in die Luft guckt, sondern auch einen, der auf das schaut, was hinter ihm liegt. Und wenn er beides beherzigt, wenn er also sowohl in die Luft als auch nach hinten guckt, dann sieht er immer, aus welcher Richtung Gefahr droht, und ist in diesem Fall ein »Hans im Glück«!

Der Name Horst

Jeder kennt die Redensart »Der macht sich voll zum Horst«. Das ist eine Beleidigung. Aber wie kommt es dazu? Was macht einen solchen Horst aus? Was spiegelt sein Verhalten wider? Wie macht sich ein Horst eigentlich? Fragt man eine Frau, deren Mann Horst heißt, so könnte sie sagen: »Mein Horst macht sich gut!« Etwa in der Küche oder im neuen Beruf. Aber genau genommen meint man mit der Titulierung »Der macht sich voll zum Horst«, dass sich derjenige, der sich »voll zum Horst« macht, vollends blamiert.

Allerdings gibt es auch einen Ort, der nach einem Horst benannt ist, nämlich Delmenhorst. (Nebenbei bemerkt: Fantastisch wäre es, wenn ich eine Frau Delmen kennenlernen würde. Und wenn wird dann auch noch einen Sohn bekämen, dann würde dieser konsequenterweise Horst heißen und wir würden nach Delmenhorst ziehen. Was wäre das für eine großartige Begrüßung: »Hallo, ich bin der Delmen-Horst aus Delmenhorst!«)

Aber auch so manchem Autofahrer dürfte der Name Horst im Alltag begegnen. Vielen ist das sogenannte »Horster Dreieck« in Niedersachsen ein Begriff. Es befindet sich in Seevetal, das verkehrsgünstig gelegen ist. So verfügen die Ortsteile Maschen (A 39), Hittfeld (A 1), Fleestedt und Ramelsloh (A 7) über Autobahnanschlussstellen. An dem nach dem Ortsteil Horst benannten Autobahndreieck »Horster Dreieck« treffen sich die A 7 und die A 1, die A 1 und die A 39 kreuzen sich am »Maschener Kreuz«.

Kehren wir zu der Aussage »Der macht sich voll zum Horst« zurück. Jeder weiß, dass damit nicht gerade etwas Positives ausgedrückt wird – doch dann muss auch die Frage erlaubt sein, was ein Horst eigentlich können bzw. nicht können muss oder darf. Jedenfalls sollte man nicht alle Horste über einen Kamm scheren. Der eine Horst ist musikalisch, der andere Horst ist orientierungslos, wiederum ein anderer Horst kann gut mit Zahlen umgehen und der vierte Horst kann noch nicht mal Briefe öffnen. Jetzt stehen zwei positive »Horst-Eigenschaften« zwei negativen gegenüber. Wie macht man sich also nun zum Horst? Genauer gefragt: Wann? Es gibt sogar ein Lied, in dem es heißt: »Horst ist ein Held – er ist da, wenn man ihn bestellt. Er ist Kumpel und Psychiater und Versicherungsberater – Horst ist ein Held!« Wer sich also zum Horst macht, zeigt in diesem Sinne heldenhaftes Verhalten …

Der Name Anna

Die Musikgruppe »Trio« hat ein Lied mit dem Titel »Anna« und die Band »Freundeskreis« besingt ebenfalls eine Frau mit diesem Namen. Darin heißt es: »Du bist von hinten wie von vorne A-N-N-A!« Bei diesem Namen gibt es also wenig falsch zu schreiben. Jedoch sollte man Folgendes bedenken:

Wer seine Tochter Anna nennt, dem sei gesagt, dass das Kind in der Schule – etwa im Schwimmunterricht – gehänselt werden könnte. Da muss nur einer kommen und Anna ins Wasser schubsen. Ein Freund dieser Anna könnte in diesem Moment für die Zukunft festhalten: »Mach mir nicht die Anna nass!« Und damit wäre zugleich die Analogie mit der Frucht »Ananas« gegeben – zumindest akustisch. Die Schreibweise sei hier außer Acht gelassen – sie würde die Kinder, die Anna nass machen wollen, sowieso nicht interessieren.

Der perfekte Zeitpunkt

So ziemlich jeder Wochentag hat seine Eigentümlichkeiten – und auch seine damit verbundenen Risiken. Der Montag gilt allgemein als der Tag, an dem vieles ungewohnt schwerfällt und so manches eher schiefgeht. Warum ist das so? Nun, es ist kein Geheimnis, dass der Montag den Anfang einer jeden Woche bildet. Und Wochenanfang bedeutet, dass auch die Arbeitswoche neu beginnt. War man gerade noch im Wochenende, so muss man nun wieder in den Rhythmus des Berufsalltags hineinkommen. Das bedeutet: früh aufstehen und am Tag zuvor bestenfalls noch früh genug zu Bett gehen. Nichts mehr mit einem langen Fernsehabend oder einem ausgiebigen Abendessen im Restaurant. Der Sonntagabend stellt die individuelle Vorbereitung auf den Wochenanfang dar. Denn der nächste Montag kommt bestimmt. Am Montag regt sich bei vielen Menschen eine schlechte Stimmung – eben weil man gerade noch im Wochenende war und sich nun wieder dem Alltag zuwendet. Und weil sich die Arbeitsroutine am Montag schwieriger einstellt als an anderen Tagen, spricht man beispielsweise auch von Montagsautos – etwa dann, wenn das Auto einfach nicht richtig funktionieren möchte. Beliebt ist dagegen der Satz: »Montag ist Schontag!« – Schön wär's. Am Montag fühlt man sich so richtig ins kalte Wasser geschmissen. Jedoch habe ich einst gelesen, dass der schlimmste Zeitpunkt der gesamten Woche nicht etwa der Montagmorgen, sondern der Dienstagvormittag um 10:00 Uhr sei.

Warum ist das so? Nun, am Montag ist die Stimmung am Arbeitsplatz, beispielsweise im Büro, noch aufgeheitert, weil man sich über die Ereignisse oder auch das Fernsehprogramm vom Wochenende austauscht. Am Dienstag um 10:00 Uhr holt einen jedoch die Realität langsam wieder ein. Der Dienstag ist irgendwie nichts Halbes und nichts Ganzes. Er ist weder Wochenanfang noch Wochenmitte und gehört auch nicht zum Ende der Woche. Er ist einfach da. Der Mittwoch hingegen hat für Ärzte und Banken wieder einen »Schontag-Charakter«, da diese Berufsgruppen an diesem Wochentag in der Regel nur bis mittags arbeiten. Dies trifft in weiten Teilen auch auf den Freitag zu. Büroleute, Bänker und wieder einmal die Ärzte verabschieden sich dann früher ins Wochenende.

Welche Folgen kann der verkürzte Freitag auf die Kunden bzw. Patienten haben? Am Freitag »hetzt« die Bankbelegschaft gerne dem Wochenende entgegen. Schon zu Arbeitsbeginn denkt der Bänker an seine individuelle Freizeitgestaltung für die nächsten zwei Tage. Am Freitag sind die Bänker somit generell nicht mehr so konzentriert bei der Sache wie vielleicht am Dienstag um 10:00 Uhr. Es wird am Freitag also nicht mehr genau hingeschaut – und schon ist es passiert: Ein Zahlendreher bei getätigten Überweisungen sorgt dafür, dass Geld auf ein falsches Konto transferiert wird. Es müsste dann zwar an mehreren Punkten auffallen, dass da etwas schiefläuft – aber am Freitag wird ja nicht mehr so genau hingeschaut. Wie viele Bankkunden haben durch einen Zahlendreher schon

Probleme mit der Schufa bekommen? Die Dunkelziffer könnte hier möglicherweise recht hoch sein.

Und der Arzt? Der ist auch froh, wenn er nicht länger machen muss, als es die Sprechstundenzeit vorschreibt. Zwar nimmt er am Freitag nicht so viele Patienten an wie sonst, aber das muss ja nichts heißen. Die Patienten können trotzdem reden. Und so lässt sich der Arzt vollquatschen. Nehmen wir an, er trifft auf einen Patienten, der ihn mit Fragen geradezu bombardiert. Völlig genervt sagt der Arzt schließlich: »Dann nehmen Sie einfach Trimipramin-neuraxpharm!« Der Arzt stellt dem Patienten noch schnell das Rezept für dieses Medikament aus – und am Montag sieht er den nervigen Patienten schon wieder. Was ist passiert? Das Rezept wurde nicht richtig ausgestellt – infolge einiger Flüchtigkeitsfehler des Arztes – und zudem war es das falsche Medikament. Der Arzt muss doch aber wissen, was er verschreibt? Eigentlich schon. Aber am Freitag hört eben auch ein Arzt nur noch mit einem Ohr hin.

Komischerweise machen Arbeitnehmer gerne am Montag frei, ohne vorher Urlaub beantragt zu haben. Das nennt man dann »blauer Montag«. Aber warum ist das so?

Viele Menschen feiern am Wochenende, was das Zeug hält, und lassen so richtig die Sau raus. Sie betrinken sich, sind im Extremfall montags noch nicht mal nüchtern und beginnen die Woche gleich mit einem

Kater. Diesen gilt es normalerweise, ordentlich auszuschlafen. Doch am Montag bleibt dafür nicht viel Zeit, da man ja wieder zur Arbeit muss. Da nützt es viel mehr, am Sonntag früh schlafen zu gehen. Aber wer will das schon? Deshalb nehmen manche Menschen sich einfach ohne genehmigten Urlaub einen freien Montag. Das ist allerdings nicht so schlau, angesichts des darauffolgenden Dienstages, an dem dann – wie bereits erwähnt – die Stimmung am Arbeitsplatz ihren Wochentiefpunkt erreicht.

Meiner Ansicht nach ist es viel schlauer, sich einen freien Freitag zu nehmen, denn darauf folgt der vielseitig beliebte Samstag – und das bedeutet: Wochenende. Zwar mag das Wochenende auch verlängert sein, wenn man sich den Montag frei hält, jedoch kann am Wochenende viel passieren. Und die Zeit heilt bekanntlich nicht nur alle Wunden, sondern lässt gelegentlich auch manches Vorkommnis vergessen.

Beispielsweise wäre es möglich, dass der Chef, bei dem man für den freien Freitag hätte Urlaub einreichen müssen (oder sich netterweise hätte abmelden sollen), am Wochenende heiratet. Das ist einer der schönsten Momente im Leben – nicht wenige bezeichnen diesen Tag sogar als den schönsten Tag überhaupt. Und wenn jemand den schönsten Tag seines Lebens gerade hinter sich hat, so lässt er vielleicht für die nächste Zeit gerne mal Fünfe gerade sein – wenn er sich nicht ohnehin nach dem Wochenende in den Flitterwochen befindet.

Eventuell hat er aber auch viele andere Sachen im Kopf und vergisst, dass einer seiner Untergebenen an besagtem Freitag nicht auf der Arbeit erschienen ist. Denn zwischen Freitag und Montag liegen immerhin zwei ganze Tage. Der Chef befindet sich unmittelbar nach seiner Hochzeit ohnehin in den Flitterwochen und weiß nach den zwei Wochen Urlaub erst recht nicht mehr, wer an besagtem Freitag fehlte. So etwas zieht in diesem Falle noch nicht einmal eine Ermahnung mit sich. Das glauben Sie nicht? Probieren Sie es doch einfach mal aus!

Wer ist wem sein was?

Weihnachten steht vor der Tür und wieder stelle ich mir die Frage: Wem schenke ich was? Zum Beispiel schenke ich der Tochter der Schwester meiner Mutter gerne etwas Nützliches, denn das kann man immer gebrauchen. Doch was ist mit der Schwester des Freundes der Tante meines Bruders? Was könnte sie gebrauchen? Einen Kochtopf vielleicht? Oder einen Kochlöffel? Schließlich kocht sie gerne. Sie bekocht nicht nur die Freundin des besten Freundes des Sohnes des Bruders meines Vaters, sondern auch den Bruder des Arbeitskollegen der Schwester meiner Mutter. Und sowohl die drei Brüder der vier Schwestern der Freundin der Mutter meines Vaters als auch die Freundin der Mutter des Enkels meiner Oma schätzen das Essen der Schwester des Freundes der Tante meines Bruders sehr.

Lediglich der Freund der Cousine des Bruders meiner Mutter fand einmal ein Haar in der Suppe. Das schob er gleich auf die Tochter des Sohnes der besten Freundin meiner Mutter. Doch dagegen hatte sich die Schwester des Freundes der Tante meines Bruders gut zu wehren gewusst, indem sie nicht nur den Freund der Cousine des Bruders meiner Mutter nicht mehr bekochte als auch den Schwager der Mutter meines Bruders, der die Schuld dieser ganzen Misere ohnehin dem Vater des Freundes einer Bekannten in die Schuhe schob. Denn schließlich ist der besagte

Vater der Freund des Bruders eines Onkels unserer Verwandtschaft. Diese ist ohnehin groß genug, da kann man auch schon mal auf jemanden verzichten.

Es ist jedoch egal, ob ich nun den Vater des Mannes der Schwester meiner Mutter oder aber die Freundin des Onkels des Freundes des Bruders meines Vaters oder vielleicht sogar der Schwiegermutter des Sohnes meiner Mutter etwas schenke – irgendwer freut sich immer.

Ich kann lesen!

Bei vielen Menschen, die von sich behaupten, gut lesen zu können, scheint das auch wirklich zu funktionieren. Zumindest, wenn man ihnen Worte in der eigenen Sprache vorsetzt. Aber wie sieht es mit Fremdwörtern aus? »Portemonnaie« ist da noch ein sehr leichtes und gut auszusprechendes Fremdwort. Aber wie sieht es mit der DNS aus? Dieses Kürzel steht für »Desoxyribonukleinsäure« – ein Biomolekül. Wer dieses Wort erst einmal drauf hat, der glaubt sich in Sicherheit, was den Schwierigkeitsgrad anderer Worte betrifft. Aber ganz so muss es nicht sein.

Ich höre gelegentlich, dass es in der russischen Sprache Wörter gibt, die nicht ins Deutsche zu übersetzen sind. Da frage ich mich, was das wohl für Worte sein müssen?! Freilich stelle ich mir gerne die Frage, ob ich denn als Übersetzer einen guten Job machen würde, und weiß, dass ich es nicht täte – dies ist allein schon der Vorstellung geschuldet, dass mir jederzeit ein Wort begegnen könnte, das ich nicht übersetzen kann.

Das Wort »Telefon« lässt sich noch gut in viele andere Sprachen übersetzen. Man kann dieses Wort – zumindest im Deutschen – jedoch immer weiter ausbauen. So könnte es sich auch um Telefongebühren handeln. Und auch das kann man noch weiter »steigern« – denn es gibt auch Telefongebührenmahnbescheide. Und wenn man ganz verrückt ist, spricht man von Telefonmahngebührenzahlungsbescheiden! Außerdem sind auch sogenannte Arbeitsverweigerungsverbotshinweisschilder möglich.

Entdeckungsreisenliebhaberjahrestagsgeschichtsbücheraufbewahrungsfristen kann es genauso geben wie Schulnotensystembeschwerdebriefadressfehlerkorrekturen. Auch eine Konzertkartenvorbestellungsfristeinhaltungsmöglichkeitenbeschränkung – was so viel bedeuten könnte, als dass jemand die Möglichkeit hat, seine Konzertkarte vorzubestellen, was jedoch zeitlich begrenzt und damit nur eingeschränkt möglich sein kann – ist im Bereich des Möglichen.

Auch eine Getränkekistentragekomfortverordnungsklausel könnte es geben – zumindest kann man dieses Wort auf Deutsch schreiben, weil die deutsche Sprache sehr vielfältig ist und es die einzelnen Worte, aus denen es zusammengesetzt ist, durchaus gibt. Auch den Zweck dessen, was damit bezeichnet wird, kann man sich durchaus denken. Oder wie wäre es mit einer allzeit bereitgestellten sonnenuntergangsbesichtigungsfreien Absperrzone? Das klingt jedoch so komisch, dass es geradezu nach einer hydrofugalkomplikationssystematischen Problembeseitigungshandlung schreit. Wer sich dieser Wahrheit verschließt, leidet wohl unter einer Wahrheitsfindungsverhinderung. Auch nicht schlecht ist ein Tomatenfirmenmitarbeiterzahlenverringerungsversuch. Ein solcher Versuch sorgt bei Anwendung für erheblichen Stellenabbau der Tomatenfirmenpersonalzahlen. Es würden eventuell Tomatenfirmen schließen müssen, was infolgedessen zu einer Verringerung der Produktionsmenge führen würde.

Oder kennen Sie eigentlich auch die Turnbeutelvergesser in der Schule? Diese Turnbeutelvergessermentalität hat zur Folge, dass die schulischen Turnstunden von einer gewissen Turnbeutelvergessermentalitätsproblematik der schulischen Turnbeutelmitbringerbelegschaft beeinträchtigt werden. Ein gut gemeinter und in der Realität schwer umzusetzender Zeugenwiderspruchserklärungsversuch vor Gericht kann in gewissen Fällen zur Aufklärung von sogenannten Vorwurfserläuterungen bezüglich einer schlimmen Tat sorgen.

Zweckgebundene Lügenlieder

Lieder sind etwas absolut Schönes. Überall sind sie zu hören – im Kaufhaus, beim Arzt, im Fitnessstudio – und jedes Lied ist einem bestimmten Genre zugeordnet. Es gibt bestimmte Stilrichtungen (Rock, Pop, Klassik) und es gibt zweckgebundene Songs.

Zweckgebundene Lieder sind zum Beispiel Geburtstagslieder. Da gibt es zum einen »Happy birthday (to you)« – ein Lied, das variabel ist. Denn wenn man einem Herbert zum Geburtstag gratulieren möchte, so singt man: »Happy birthday, lieber Herbert!« Mit einem zweisilbigen Namen ist dieses Lied eigentlich auch perfekt zu singen. Schwierig wird es – und da wird das Lied variabel – wenn man einer Anne-Marie gratulieren möchte. Dieser Name ist viersilbig und geht daher nicht so schnell über die Lippen. Für Anne-Marie kann »Happy birthday« deshalb auch nur schwer gesungen werden.

Ein weiteres Geburtstagslied heißt »Wie schön, dass du geboren bist«. Es beginnt folgendermaßen: »Heute kann es regnen, stürmen oder schneien, denn du strahlst ja selber wie der Sonnenschein.« Also ich weiß auch nicht – aber wenn ich in die Sonne schaue, so muss ich schon beim Anblick dieser immens hellen Lichtquelle niesen. Und wenn das Geburtstagskind selber wie der Sonnenschein strahlt, dann gibt es folgende Möglichkeiten: Entweder man geht dem

Geburtstagskind regelrecht aus dem Weg, um nicht einem ständigen Niesdrang ausgesetzt zu sein, oder man schenkt ihm eine nächtliche Ballonfahrt – aber das wird die Nacht auch nicht heller strahlen lassen ...

Ein weiteres Genre zweckgebundener Lieder sind Weihnachts- bzw. Vorweihnachtslieder. Und an diesen lässt sich besonders gut zeigen, dass es auch Lieder gibt, die man nur an bestimmten Tagen – genau genommen nur an einem bestimmten Tag im Jahr – singen kann. Da gibt es zum einen das Lied »Morgen kommt der Weihnachtsmann«. Dieses Lied darf man streng genommen erst am 23. Dezember singen – ansonsten lügt man. Und selbst wenn man es am 23. Dezember singt, muss man noch beachten, auf welchem Kontinent man sich gerade befindet. In Amerika nämlich wird Weihnachten erst am 25. Dezember gefeiert. Und wenn man am 23. Dezember das Lied anstimmen will, braucht man nicht unbedingt nur schlechte Englischkenntnisse, um sich lächerlich zu machen. Denn zum einen stimmt es nicht, dass der Weihnachtsmann morgen kommt, sondern erst übermorgen, zum anderen stellt sich die Frage, wie sich dieses Lied mit schlechten Englischkenntnissen trotzdem ohne Fehler anstimmen lässt. Heißt es dann etwa »Tomorrow comes the Christmasman«? Wohl kaum, weil er in Amerika ja erst übermorgen kommt. Und wenn man das begriffen hat, dann könnte es vielleicht heißen: »The day after tomorrow Santa Claus is in the house«?

Allerdings gibt es noch ein Lied, bei dem man genau darauf achten muss, wann man es singt. Es ist das Lied »Lasst uns froh und munter sein«. Darin heißt es: »Bald ist Nikolausabend da«. Zuerst muss man sich hier die Frage stellen: Wie lange ist »bald«? Ich denke, wenn man es bis ungefähr zwei Tage vor dem Nikolausabend singt, so liegt man noch im zeitlichen Rahmen. Singt man es allerdings am 5. Dezember, so müsste es genaugenommen »Morgen ist Nikolausabend da« heißen. Wem das zu kurzfristig erscheint, der kann auch »In einigen Stunden ist Nikolausabend da« singen. Dies passt dann aber nicht mehr in den vorgeschriebenen Rhythmus des Liedes. Tja, am besten ist dann wohl, Feste zu feiern und Lieder zu singen, wenn sie dran sind!

Apfelessig und Weintrauben

Neulich begab ich mich auf den Weg zur Schule, da fragte mich meine Mutter, ob ich denn nicht vorher noch etwas essen wolle. »Nein, ich habe keinen Hunger«, antwortete ich. Sie sagte: »Aber du musst doch etwas essen.« Schon gab ich mich geschlagen und sagte: »Na gut, einen *Apfelessig*!«

Viele denken jetzt wohl, dass ich nicht so schnell hätte nachgeben sollen. Aber ich wollte keinen Streit provozieren. Wo ich gerade von Streit spreche – letztens rief mich mein bester Freund an und teilte mir mit, dass er momentan in einer Ehekrise stecken würde. Seine Frau sagte ihm: »Schatz, ich finde es nicht gut, dass du den ganzen Tag im *Bürohengst*. Wenn das so weitergeht, lasse ich mich von dir scheiden.«

Da sagte er nur: »Das machst du nicht. Ich werde so weitermachen wie bisher, darauf kannst du Gift nehmen.« Da dachte ich nur: »Wow, klare Worte. Er nimmt kein Blatt vor den Mund. So viel *mutwillig* auch haben.«

Einer gehörigen Portion Mut bedarf es auch dann, wenn man nachts auf eine Gangsterbande trifft. Als ich so durch die Stadt spazierte, hörte ich sie leise flüstern: »Erst schlagen wir ihn zusammen – und wenn er *Weintrauben* wir ihn aus.«

Doch selbst, wenn ich mutig sein wollte – in diesem Moment zog ich es lieber vor, die Flucht zu ergreifen.

Ich bin ganz Ohr!

»Hast du die Nachrichten heute schon gehört?«, fragt Dagmar ihren Bruder Heinz. »Ja, so ein bisschen – ich habe mit halbem Ohr die Nachrichten gehört!«, antwortet er.

An dieser Stelle ist etwas faul. Aber das merkt man nur, wenn man es ganz genau nimmt. Das wollen wir jetzt einmal tun.

Wer kennt sie nicht – Sprüche wie »Ganz oder gar nicht!« oder »Keine halben Sachen!«? Eigentlich jeder. Aber mindestens genauso gut kennt jeder die Redewendung »nur mit halbem Ohr hinhören«. Aber wie mag das gehen? Jeder normale Mensch hat zwei Ohren. Im Normalfall hört er auf beiden. Wie viel Hörvermögen der Einzelne hat, ist erst einmal zweitrangig. Viele mögen jetzt behaupten, dass genau da die Kunst des »Zuhörens mit halbem Ohr« liegt, denn schließlich hört er ja auf dem einen Ohr schlechter – vielleicht sogar tatsächlich nur die Hälfte.

Und genau da liegt der Fehler. Schließlich kann man doch auch mit nur einem Ohr ganz genau und hoch konzentriert einer Sache lauschen. Das Ohr ist dadurch nicht nur zur Hälfte vorhanden. Das Hörvermögen mag vielleicht nur zur Hälfte funktionieren – das Ohr an sich bleibt dennoch ganz – vorausgesetzt, man heißt nicht Evander Holyfield und hat gegen Mike Tyson geboxt (Tyson biss Holyfield während eines Boxkampfes ein kleines Stück vom Ohrläppchen ab).

Und selbst Evander Holyfield kann nicht sagen, dass er nur mit halbem Ohr hinhört. Denn schließlich biss Mike Tyson ihm nicht ein halbes Ohr ab, sondern nur einen sehr geringen Bruchteil. Er hört also noch mit mindestens eineinhalb Ohren. Ob er zuhört, ist dann wieder eine andere Sache. Denn Hinhören und Zuhören sind zweierlei.

Wenn einer den anderen nicht versteht, obwohl er versucht hat, genau zuzuhören, so sagt der Sprecher ihm: »Du solltest mal besser zuhören!« Manche würden auch sagen: »Du solltest mal besser hinhören!« Aber dass der Hörer nicht hingehört hat, kann man nicht unbedingt sagen. Das wäre strenggenommen nur zu vermuten.

Auch die Redensart »Ich bin ganz Ohr!« ist sehr geläufig. Im Volksmund ist damit gemeint, dass der Zuhörer mit beiden Ohren zuhört. Aber streng genommen heißt es, dass der Zuhörer mit mindestens, aber eventuell auch tatsächlich nur einem Ohr hinhört. Schließlich sagt man ja nicht: »Ich bin beider Ohren!« Das ist jeder. Deswegen müsste es ganz richtig heißen: »Du hast meine uneingeschränkte Aufmerksamkeit!« Denn schließlich hört jeder – so er nicht gerade taub ist – mit beiden Ohren zu.

Warum manches nicht richtig verstanden wird, mag daran liegen, dass der potenzielle Zuhörer sich über etwas anderes gedanklich den Kopf »zerbricht«. Und wie das in der Praxis aussehen kann, erkläre ich ein anderes Mal!

Die Schlacht an der Schlucht

Zwei Streithähne stritten über die unwichtigsten Tatsachen. Eine davon war, dass ein Streithahn stotterte. Das störte den anderen Streithahn, sodass dieser stammelte – was wiederum den einen Streithahn störte.

Beide wurden nach geraumer Zeit handgreiflich und so blieb es nicht dabei, dass beide an Ort und Stelle stritten. Sie schubsten sich hin und her – und standen plötzlich vor einer schlicht gebauten Schlucht. Das war schlecht. Denn eine Schlacht an der Schlucht ist schrecklich gefährlich und schadet allen Beteiligten der Schluchtschlacht.

Dass eine Schlacht an der Schlucht nicht nur schlecht, sondern auch schlimm ist, wissen beide Streithähne. Doch mindestens genauso schlimm scheint es, wenn kein Streiter nachgibt. Da muss schnellstens eine unstrittige Lösung gefunden werden.

So kam ein schlicht gekleideter, gut gebauter Mann – er hieß mit Nachnamen Schlichter – um die Ecke. Dieser mischte sich sofort in die schlechte Schluchtschlacht ein und versuchte, als schlicht gekleideter Streitschlichter bei schlechtem Wetter eine schlechte Schlacht an einer ebenfalls schlechten Schlucht zu schlichten. Doch jeder Schluchtschlacht-Schlichtversuch verlief schlicht schlecht.

Obwohl Herr Schlichter kein schlechter Schlichter war, hatte er das Gefühl, dass er bei schlechtem Wetter eine schlechte Schlacht an einer schlechten Schlucht schlicht schlecht schlichten kann. Herrn Schlichter hat der Schlichtversuch der schlechten Schluchtschlacht schlicht geschlaucht.

Doch bei all den gut gemeinten, aber schlechten Schluchtschlacht-Schlichtversuchen bleibt festzuhalten, dass es sich über den Entschluss, worüber man streiten soll, schlicht und einfach immer streiten lässt.

Thank you for traveling with Deutsche Bahn

Neulich betrat ich den Bahnhof Wolfsburg um sieben Minuten vor zwei Minuten nach 10:00 Uhr morgens. Ich kam gehetzt an, denn in zwölf Minuten wäre der Zug auf Gleis eins schon seit elf Minuten abgefahren. Ich musste nicht sehr lange warten bis zu meinem nächsten Aufenthalt und Umstieg in Hannover. Diesen Bahnhof erreichte ich nämlich um zwei Minuten vor 15 Minuten nach viertel elf vormittags. Keine ganze Drittelstunde später saß ich bereits im Zug nach Kassel-Wilhelmshöhe. Hätte ich mich erst die Drittelstunde später auf den Weg zum Zug Richtung Kassel-Wilhelmshöhe gemacht, wäre dieser schon seit sieben Minuten abgefahren. Er fuhr nämlich exakt um 35 Minuten vor einer Minute nach viertel nach elf.

Bevor ich den Zug von Kassel-Wilhelmshöhe um eine Stunde und vier Minuten nach 10:54 Uhr Richtung München Hauptbahnhof nahm, welcher also tatsächlich um 11:58 Uhr abfuhr, ging die Ankunft in Kassel-Wilhelmshöhe 22 Minuten vorher voraus. Drei Stunden und 27 Minuten vor 13 Minuten nach drei Minuten vor viertel vier nachmittags sollte der ICE 1223 im Münchener Hauptbahnhof ankommen. So war es geplant. Doch zur totalen Verwirrung kam dieser Zug 48 Minuten verspätet in München an, sodass ich den Zug von München nach Augsburg, welcher 17 Minuten nach 180 Sekunden vor einer Minute nach 15:30 Uhr ankam, verpasste.

Ich musste also improvisieren. Folglich nahm ich den Zug um zwölf Minuten vor ein Dreißigstel fünf nachmittags, welcher mich direkt um 17:00 Uhr nach Nürnberg chauffierte. Dieser Zug ließ mich um acht Minuten nach drei Viertel vor 18:00 Uhr in Würzburg umsteigen. Ich lief zum Inter City 1984, der mich um 14 Minuten nach 17:48 Uhr – also um 120 Sekunden nach 6:00 Uhr am Abend – von Würzburg in Richtung Göttingen bringen sollte. Da ich meinen eigentlichen Fahrplan nicht einhalten konnte und mich deshalb entschloss, die Heimreise anzutreten, kam mir der Bahnhof, den ich um elf Minuten vor vier Minuten vor 60 Sekunden nach 19:30 Uhr erreichte, bekannt vor. Es war erneut Kassel-Wilhelmshöhe. Dem ging jedoch ein Zwischenhalt um sechs Minuten vor zwei Minuten nach drei Viertel vor 19:00 Uhr in Fulda voraus. Da ich den Bahnhof in Kassel-Wilhelmshöhe jedoch pünktlich um 19:16 Uhr erreichte, kam ich auch pünktlich eine Drittelstunde später in Göttingen an.

Hier musste ich also wieder umsteigen. So nahm ich den Zug um zwei Minuten vor Viertel vor sieben am Abend und kam um zwei Minuten nach 20:15 Uhr in Hannover an. Dort wartete dann der letzte Umstieg dieser langen Reise. Ich stieg auf dem Gleis, welches sich ergibt, wenn man 14 weniger fünf rechnet, um 18 Minuten nach drei Minuten vor einer Minute nach viertel neun ein und kam um 21:02 Uhr wieder in Wolfsburg an.

Die Ähnlichkeitsanalyse

Adelheid und Olaf saßen auf der Bank und ließen Erinnerungen aufkeimen. Als altes Ehepaar kannten sie vielerlei Geschichten – so etwa lustige Begebenheiten aus dem Leben der eigenen Kinder oder aber auch eigene Missgeschicke – wenn da bloß nicht diese erheblichen Erinnerungslücken wären …

Olaf: »Ach, Adelheid, weißt du noch, die Marina, unsere erste gemeinsame Tochter, wie sie eines Tages das Badewannenwasser überlaufen ließ, weil ihr Freund Norbert angerufen hatte und sie so sehr in ein Gespräch verwickelte, dass sie das Wasser vergaß? Und die Sauerei musstest du dann entfernen.«

Entrüstet gab Adelheid zur Antwort: »Aber Olaf – das mit dem Badewannenwasser war doch nicht Marina, das war doch Marianna! Und die hat immerhin so lange telefoniert, dass die Telefonkosten ins Unermessliche gestiegen sind. Da hattest du doch noch den Martin, Marinas Bruder, um finanzielle Mithilfe gebeten. Wir wussten doch beide, dass Marianna nie so viel Geld hätte aufbringen können.«

Olaf: »Aber Adelheid, der Martin hatte kein Geld zur Verfügung gestellt, da er der Marianne – der Tochter seines Sohnes Marten – ein neues Barbie-Haus zum Geburtstag kaufen wollte.«

Adelheid: »Nein, Olaf, das neue Barbie-Haus stammte doch eindeutig vom Herbert. Der war doch sehr freigiebig. Schon auf der Hochzeit von Waltraud und Heribert bezahlte er das Geschirr für den vorangegangenen Polterabend.«

Olaf: »Na, Polterabend würde ich das aber nicht nennen – du hast das Geschirr extra kaputtgemacht, weil du es nicht ertragen konntest, dass die zierliche Waltraud den Haudegen Heribert heiraten wollte.«

Adelheid: »Na, das war doch aber auch ein Ding! Erst flirtet Heribert mit der blonden Michelle, noch am selben Abend telefoniert er mit Irmtraud und gaukelt Waltraud trotzdem die große Liebe vor. Zudem hatte er bis dahin schon drei gescheiterte Ehen auf dem Buckel.«

Olaf: »Moment mal – jetzt bringst du aber etwas durcheinander. Heribert hat nicht mit Michelle geflirtet – und blond war sie auch nicht. Es war eher ganz umgekehrt. Der Flirtheini war der Marcel – der begehrte die Michelle. Und telefoniert hat er nicht mit Irmtraud, sondern mit Edeltraud.«

Adelheid: »Edeltraud brachte es immerhin auf drei Ehen – die Martina stammte mit Bert aus erster Ehe, die Margrit mit Horst aus der zweiten und aus der dritten Ehe entstanden die Zwillinge Michael und Michaela. Und soweit ich mich erinnern kann, stammen die Zwillinge aus der Ehe mit Heribert.«

Olaf: »Michael und Michaela sahen aber auch gar nicht gleich aus.«

Adelheid: »Trotzdem erinnern mich beide immer wieder an Kunibert und Kunigunde. Die zänkische Michaela – ganz die Kunigunde. Und der friedfertige Michael ...«

Olaf: »Der Michael war ja schon immer dein Liebling. Und das, obwohl er Tante Helga eines Tages die Tür vor der Nase zuschlug.«

Adelheid: »Das war doch nur aus Versehen. Das kann doch jedem mal passieren. Und außerdem hat er Tante Helga danach netterweise ein leckeres Erdbeereis spendiert.«

Olaf: »Das war kein Erdbeereis. Es war ein Vanilleeis. Und bekommen hat es nicht Tante Helga, sondern Michaela. Auch der Spender war nicht Michael, sondern Raphael.«

Adelheid: »Ganz wie du meinst.«

Methusalem – ein erfolgreicher Geschäftemacher

Methusalem ist eine biblische Person, die seit Menschenbestehen am längsten gelebt hat, nämlich 969 Jahre. Niemand lebte genauso lang oder länger. Man spricht bei einem derart ungewöhnlich hohen Alter von einem »biblischen Alter«. Das ist mit der Altersstruktur von heute nicht zu vergleichen – und wenn man es trotzdem vergleichen möchte, stellt man gravierende Unterschiede fest.

Da man sich aus heutiger Sicht ein so hohes Alter von 969 Jahren kaum vorstellen kann, möchte ich im Folgenden versuchen, dies ein wenig greifbarer zu machen.

Dafür möchte ich zuerst folgende Eckdaten festhalten bzw. der leichteren Berechnung halber einfach mal zugrunde legen: Als Geburtstag des Methusalem lege ich probehalber den 1. Januar fest (das Geburtsjahr spielt bei Methusalem nun wirklich keine Rolle). In Psalm 90,10 steht geschrieben, dass ein Leben 70 Jahre dauert, und wenn es gut ist 80. Das bedeutet, dass Methusalem bei einer zugrunde gelegten durchschnittlichen Lebensdauer von 70 Jahren knapp 14 Leben und bei einer zugrunde gelegten durchschnittlichen Lebensdauer von 80 Jahren immerhin noch ganze zwölf Leben gelebt hat. Gesunde Ernährung stand bei Methusalem wohl auf der Tagesordnung – heutzutage hätte er auch gut und gerne in ein Fitnessstudio gehen können, um sich fit zu halten. Zigaretten hat es damals auch noch nicht gegeben.

Sagen wir mal, Methusalem wäre zum Raucher geworden und hätte mit 18 Jahren das Rauchen begonnen, dann hätte er noch 951 Jahre Spaß am Rauchen haben können. Nehmen wir mal an, Methusalem hätte mit seinem 18. Geburtstag, also direkt zu Beginn seines 19. Lebensjahres, mit dem Rauchen begonnen und täglich geraucht. Dann hätte er 951 Jahre und somit 347.115 Tage geraucht.

Es heißt, eine Zigarette raube dem Menschen im Durchschnitt fünf Minuten Lebenszeit. Hätte Methusalem eine Zigarettenschachtel am Tag geraucht, wären das bei einem Inhalt von 19 Zigaretten und bei 347.115 Rauchertagen 6.595.185 Zigaretten, die Methusalem in seinem Leben geraucht hätte. Er hätte bei diesem Rauchverhalten 32.998.535 Minuten seines Lebens dem Tod geweiht. Bei einer Gesamtlebenszeit von 353.685 Tagen (was 509.306.400 Minuten entspricht) würde das bedeuten, dass Methusalem nur noch ca. 476.330.475 Minuten gelebt hätte. Somit wäre er bereits nach ungefähr läppischen 906 Jahren verstorben.

Aber man kann noch andere Berechnungen mit Methusalems »biblischem Alter« anstellen: Der Durchschnittsdeutsche produziert jährlich ungefähr 250 Kilogramm Müll. Das macht für Methusalem bei einem

Leben von 969 Jahren ganze 242.250 Kilogramm Müll (wenn er Deutscher mit statistisch angepasstem Verhalten gewesen wäre).

Ein Personalausweis ist in Deutschland ab 16 Jahren zu haben. Der Personalausweis ist im Durchschnitt alle zehn Jahre neu zu beantragen. Methusalem hätte also ungefähr 95 Mal einen neuen Personalausweis beantragen müssen. Die Kosten würden sich bei einem Beantragungswert von 22,80 Euro auf ca. 21.728,40 Euro belaufen (vorausgesetzt, er wäre Europäer und lebte in einem Land, wo der Euro als Währung herhalten muss und über Jahrhunderte stabil bliebe...)

Wäre Methusalem Deutscher, würde er nach einer OECD-Studie durchschnittlich 17 Mal pro Jahr zum Arzt gehen. Das macht bei einem 969-jährigen Leben ganze 16.473 Arztbesuche. Die durchschnittliche Wartezeit beträgt pro Patient ca. 27 Minuten, macht 444.771 Minuten Wartezeit, also 7.412,85 Stunden oder aufgerundet 309 Tage reine Wartezeit beim Arzt.

Ganz hart trifft es Methusalem bei »Mensch ärgere dich nicht«. Dieses Spiel ist für Menschen im Alter zwischen fünf und 99 Jahren geeignet. Er hätte also stolze 875 Jahre dieses Spiel nicht spielen dürfen. Die Spielebranche kann manchmal echt hart sein. Denn es gibt noch weitere Spiele, die ihm eine Teilnahme unter fünf und über 99 Jahren nicht empfehlen. Damit hätte er echt zu kämpfen. Die Frage wäre auch, ob es denn je eine Rentenkasse gegeben hätte, die ihm eine über die Jahre hinweg eingezahlte Summe auszahlen könnte. Ich glaube, er hätte auch hier sehr schlechte Karten.

Im Durchschnitt isst der Deutsche acht Liter Eis pro Jahr. Setzt man voraus, dass Methusalem an seinem vierten Geburtstag das Eisessen schon für sich entdeckt haben dürfte, hätte er in seinem Leben stolze 7.720 Liter Eis verzehrt.

Ein Statement zum Schluss: Da ich persönlich besser schreiben als rechnen kann, lege ich für die Richtigkeit der Angaben meine Hand nicht ins Feuer. Das wäre eher ein Griff ins Klo. Apropos Klo: Der Durchschnittsdeutsche verbraucht ca. 15 Kilogramm Klopapier im Jahr. Das macht bei Methusalem 14.535 Kilogramm Klopapier in seinem ganzen Leben. Laut einer bundesweiten Umfrage des Marktforschungsinstituts GfK verbringen Männer durchschnittlich mehr Zeit auf dem Klo als Frauen.

In der Regel benötigt jeder dritte Mann fünf bis zehn Minuten auf der Toilette. Selbst, wenn Methusalem für seine Toilettengänge jeweils nur fünf Minuten gebraucht hätte und er täglich nur dreimal das stille Örtchen aufgesucht hätte, so würde er 305.275 Minuten auf dem Klo verbracht haben. Das macht ca. 88.421 Stunden auf dem Klo – also stolze 3684 Tage Toilettenpause. Und das nur bei großen Geschäften. Es liegt also auf der Hand – Methusalem war ein erfolgreicher Geschäftemacher!

Zungenbrecher

Wer einen Zungenbrecher spricht und sich beim Zungenbrechersprechen die Zungenbrechersprechzunge bricht, obwohl er dachte, dass er mit dem Zungenbrechersprechen eine Lanze bricht, dem hilft man nicht. Wer Zungenbrecher spricht, hat oft Versprecher. Wenn sich der Zungenbrechersprecher verspricht, verspricht der Versprecher Lacher, die der Sprecher des Zungenbrechers gerne vergisst. Dabei sollte der Zungenbrechersprecher nicht versprechen, dass er sich nicht verspricht. Denn dann liegt dem Sprecher beim Sprechen des Zungenbrechers der Versprecher auf der Zunge. Ein Zungenbrechersprecher spricht Zungenbrecher und sprach entsprechend Zungenbrecherversprecher. Wer sich beim Zungenbrecher verspricht, begeht zwar kein Verbrechen, es wäre nur uncool, wäre der Zungenbrechersprecher ein Verbrecher. Was mag der Zungenbrechersprechverbrecher versprochen und verbrochen haben? Verspricht er, dass er sich verspricht, hat der Zungenbrechersprecher recht. Vielleicht hat er nach dem Zungenbrechersprechen auch gebrochen. Hoffentlich führt der Zungenbrechversprecher nicht dazu, dass der Zungenbrechersprecher mit dem Zungenbrechersprechen bricht.

Die Kripo bittet um Mithilfe

In der Zeit zwischen Februar und November 1995 ereignete sich im Großraum zwischen Kiel und München ein Verbrechen von ungeahntem Ausmaß. Ein mutmaßlicher Verbrecher mit einer Größe von ungefähr 1,54 bis 2,08 Metern trieb in besagter Umgebung sein Unwesen.

Er trägt hellblondes bis rabenschwarzes Haar und wird zwischen 18 und 93 Jahren geschätzt. Er könnte eine Bank Nahe Kiel oder München überfallen haben – die Polizei schließt diverse Zwischenfälle in Köln und Dresden nicht aus. Da er bei seinen Überfällen kaum gesprochen hat, kann nur vermutet werden, dass er Deutschstämmiger oder Afro-Amerikaner sein könnte – auch polnische Wurzeln will die Polizei nicht gänzlich ausschließen. Es wird stark vermutet, dass der Täter über ein außerordentlich großes soziales Netzwerk verfügt und in besagtem Zeitraum überall untergekommen sein könnte. Vielleicht hat der Täter auch einen Mord zu verantworten. Genauso gut kann er in diverse Schlägereien verwickelt gewesen sein. Die Polizei bittet um Nachsicht, dass sie an dieser Stelle aus ermittlungstaktischen Gründen keine genaueren Angaben machen kann.

Was die Kleidung anbetrifft, könnte er die unterschiedlichsten Klamotten getragen haben. Selbst die von der Kriminalpolizei befragte Mutter des mutmaßlichen Schwerverbrechers kann sich nicht mehr genau an die Kleidung ihres Sohnes erinnern. Somit kann zumindest zur Kleidung nur eine ungenaue Angabe gemacht werden.

Während die Mutter die zu Hause verbliebenen Kleidungsstücke des Sohnes untersucht, um feststellen zu können, welche Klamotten fehlen und mit welcher Kleidung ihr Sohn unterwegs sein könnte, hofft die Kriminalpolizei auf Ihre Mithilfe. Die Polizei hat mögliche Augenzeugen zu diesem Thema bereits befragt. Martina Mautschink, eine sehr kamerascheue Person, teilte im TV-Interview mit, dass sie eine Spur haben könnte – ganz sicher sei sie sich aber nicht. Ein weiterer Zeuge erzählte von ihm bekannten Vorgehensweisen des mutmaßlichen Täters. Es handelt sich hierbei um den Zeugen Peter Lammpecht, der an dieser Stelle unerwähnt bleiben möchte. Diesem Wunsch kommen wir gerne nach. Im Laufe der bisherigen Ermittlungen stieß die Polizei auch auf einen Jogger – auf ihm ruhen nun alle Hoffnungen der Polizei. Denn er erzählt laufend Neues.

Die Höhe der Belohnung ist von der Treffgenauigkeit des entscheidenden Hinweises abhängig.

Das Leben eines Rauchers – Schall und Rauch?

Sätze wie »Mir raucht der Kopf« oder »Jetzt erst mal eine Raucherpause« hört man immer wieder. Wer kennt sie nicht? Wenn sich ein absoluter Nichtraucher nach einer Raucherpause sehnt, dann wünscht er sich tatsächlich eine Pause – und zwar von einem Kettenraucher. Dieser sollte wirklich mal eine Pause einlegen – aber nicht, um zu rauchen, sondern um es einmal sein zu lassen.

Die Vorteile des Rauchens sind folgende: »...« Was die Nachteile betrifft, habe ich sie noch nicht vollständig überprüft, jedoch könnte ich mir folgende Nachteile für einen Raucher vorstellen. Erster denkbarer Nachteil: Der Raucher fällt vielleicht öfters durch wichtige Prüfungen. Der Grund dafür liegt – wenn es denn so ist – meiner Meinung nach auf der Hand. Ich stelle es mir folgendermaßen vor: Der Raucher sitzt vor seinem Test, grübelt über eine Frage nach und stellt plötzlich fest, dass er die Antwort nicht weiß. Hätte er mal mehr gelernt, anstatt schon in der Vorbereitungszeit ständig zum Stummel zu greifen – er wäre ein guter Professor geworden. Jetzt hat er wieder Schmacht – und das während der Prüfung. Doch er darf nicht raus – sonst muss er seinen Test nach den ersten drei Fragen schon abgeben und hat die Sechs mehr als verdient. Das will er nicht – doch statt selbst zu rauchen, raucht der Kopf. Aber dies kann auch bei Nichtrauchern eintreten.

Des Weiteren ist der Raucher täglich mit Beeinträchtigungen – vor allem auch psychischer Art – konfrontiert. Wie oft er am Tag ans Rauchen erinnert wird, merkt er selbst vielleicht gar nicht. Aber wenn der Raucher seinen Mitmenschen gut zuhören kann und sprachlich nicht gerade unbedarft ist, dann wird er ans Rauchen denken, wenn er Sätze hört wie »Wir bRAUCHEN Hilfe« oder »Das ist doch alles Schall und Rauch«. Und im Supermarkt liest er auf der Ketchupflasche: »Vor GebRAUCH gut schütteln«. Das Leibgericht eines Rauchers ist wohl der Räucherlachs. Ein Kettenraucher nimmt sich zum Ziel, eines Tages genau so eine rauchige Stimme zu haben, wie Joe Cocker sie hatte, seine Wohnung ist mit Rauchfasertapeten ausgestattet – so steht es in seinem Miefvertrag –, und die Lieblingsband eines Kettenrauchers ist natürlich Smokie.

Im Büroalltag herrscht der Satz: »Wer schreibt, der bleibt.« Für den Raucher heißt es jedoch: »Wer raucht, der schlaucht!« Es ist nicht selten der Fall, dass Raucher mehrere Schachteln am Tag mal eben so wegrauchen. Den männlichen Rauchern sei gesagt: Der Stimmbruch kommt auch so. Das Rauchen verschlimmbessert die ganze Tragödie nur.

Eine starke Gemeinschaft

Herzlich willkommen zum heutigen Fußballspiel zwischen dem FC Heiligendorf und dem FC Dämonien. Es heißt einmal mehr David gegen Goliath. Diese Mannschaften kennen Sie nicht? Dann will ich Ihnen die Protagonisten einmal genauer vorstellen.

Die Mannschaft des FC Dämonien besteht aus vielen Atheisten und Menschen, die Gott grundsätzlich und ganz bewusst ablehnen. Unter ihnen befinden sich zum Beispiel Diebe, Schwerverbrecher und Drogensüchtige. Der Kapitän dieser Mannschaft ist Luzifer – ein echter Teufelskerl. Seine Mitstreiter – mitunter Dämonen – machen den Menschen, die unter seiner Herrschaft stehen, das Leben zur Hölle. Streit und Zwietracht beherrschen das Training des FC Dämonien. Und eben jener FC Dämonien ist heute zum Siegen verdammt.

Der Star der Mannschaft aus Heiligendorf ist Jesus Christus – er ist an den meisten Aktionen beteiligt, ist bei vielen recht beliebt und wird bei den Menschen sogar als der Messias und Heilsbringer angesehen. Gott – sein Vater – leitet diese Partie als Schiedsrichter. Jesus hat es heute mit einem ganz besonderen Gegenspieler zu tun. Es ist kein Geringerer als der gerade schon erwähnte Luzifer – er mischt überall mit. Sein Spezialgebiet ist die Lüge. Viele Menschen führt er durch seine hinterlistige Art und Weise in die

Irre – und viele seiner Vertrauten merken nicht, wohin die Reise geht. Gleichgültigkeit und falsche Vorstellungen von der Zukunft beherrschen das Reich des Satans.

So viel vorerst zu den beiden Mannschaften. Die Spieler des FC Heiligendorf und des FC Dämonien kommen langsam aus der Halle Luja – auf Fußballdeutsch auch »Katakomben« genannt.

Das Spiel beginnt. Der FC Dämonien führt den Anstoß aus. Und gleich die erste Szene hat es in sich. Jesus luchst einem Atheisten den Ball ab und stürmt nach vorne – da wird er auch schon brutal von hinten gefoult. Eine wahre Blutgrätsche. Das müsste eigentlich Rot geben. »Jesu Blut für dich vergossen«, gab Gott dem Atheisten zu verstehen. Der Elfmeter wird ausgeführt. Der Atheist mit der Nummer 13 entschuldigt sich derweil bei Jesus und fleht um Gnade. Alle Augen sind jetzt auf Jesus gerichtet – und was macht Jesus? Er vergibt! Ja, ist denn das die Möglichkeit?

Im Stadion ertönt das Lied »Halleluja«.

Der Konter läuft – Luzifer schlägt einen weiten Pass nach vorne auf Barrabas – einen Schwerverbrecher –, das Schiedsrichtergespann entscheidet auf Abseits.

Aus den Lautsprechern ertönt das Lied »Jesus Christus, Heiland und Erlöser – starb für dich, warb um dich, der du abseits stehst ...«

Da ärgert sich Barrabas. Er rastet völlig aus und stößt Petrus, der eigentlich wie ein Fels in der Brandung steht, einfach zu Boden und tritt auch nochmal nach. Kaum geschehen, schon kommt Jesus und versucht, den aufkommenden Streit zu schlichten. »Was ihr einem meiner geringsten Brüder getan habt, das habt ihr mir getan!« (Matthäus 25,40)

Es gibt Freistoß für den FC Heiligendorf. Dieser wird durch Petrus selbst ausgeführt. Er spielt den Ball auf den ungläubigen Thomas – doch dieser vertändelt den Ball leichtfertig an eben jenen Barrabas – der schießt – Tor! 1:0 für den FC Dämonien.

Im Stadion ertönt »Highway to Hell" als Tormusik.

Anstoß für den FC Heiligendorf. Jesus spielt auf den eben noch angegriffenen Petrus – dieser schießt schnell nach vorne auf den schon seit geraumer Zeit wie beflügelt spielenden Erzengel Gabriel. Dieser erzielt aus heiterem Himmel das 1:1.

Aus den Lautsprechern ertönt »Halleluja« als Tormusik.

Das gibt es kaum. Hier geht es Schlag auf Schlag. Und mit dem bis dahin gerechten Spielstand von 1:1 geht es in die Halbzeitpause.

Die zweite Halbzeit beginnt. Der FC Heiligendorf macht wieder ein schnelles Spiel. Luzifer klebt wie eine Klette an Christian Christopherus – einem frisch bekehrten Nachwuchstalent in den Reihen des FC Heiligendorf. Er verfängt sich in den Klauen des Satans. »JESUS!«, ruft er verzweifelt. Da kommen auch schon die Engel und Christian Christopherus ist um Himmels willen nichts geschehen. Stattdessen jetzt nun wieder ein Freistoß für den FC Heiligendorf aus aussichtsreicher Position. Der gefoulte Christopherus führt den Freistoß selbst aus, der Ball gelangt zu Christiano Foreigner – ein Ausländer im Team des FC Heiligendorf. Da kommt auch schon Xenophobia, der Fremdenhasser in den Reihen des FC Dämonien, und foult Foreigner im Strafraum – wieder fleht der FC Dämonien um Gnade – wieder gibt es einen Elfmeter – wieder tritt Jesus Christus an – und – er vergibt schon wieder. Jesus macht sich zum Gespött seiner Feinde. »Wie oft willst du denn noch vergeben?«, fragt ihn Blasphemius, ein starker Gotteslästerer auf Seiten des FC Dämonien. »7 x 70 Mal!«, gab Jesus zur Antwort.

Das Spiel hat inzwischen etwas an Fahrt verloren – kaum sage ich es, da marschiert Luzifer mit einem Höllenritt nach vorne, bekommt es jedoch wieder mit Jesus zu tun, dieser schießt einfach mal gut und gerne aus 50 Metern – Tor! Ein wahrer Sonntagsschuss. Auf diese Weise macht Jesus seine vergebenen Großchancen wieder wett. Denn jetzt liegt der FC Heiligendorf wieder in Front. In letzter Minute rettet Jesus den so wichtigen Sieg über den Satan und seine

Mitstreiter. Das Spiel ist an dieser Stelle abgepfiffen worden.

Denn der Herr zieht mit uns voran – seine Heerschar niemand schlagen kann. Die Fans des FC Heiligendorf feiern ihre Mannschaft und skandieren lauthals den bekannten Schlachtruf: »Sieg!«

Nach dem Spiel gibt Jesus Christus folgendes Interview:

Journalist: »Herr Jesus Christus, Sie haben die größten Chancen vergeben – und haben dennoch gewonnen. Können Sie sich das erklären?«

Jesus: »Es liegt in meiner Natur, zu vergeben. Ich bin so froh, dass wir gewonnen haben. Wir sind eine ganz starke Gemeinschaft. Ich könnte die ganze Welt umarmen. Für meine Anhänger bin ich ohnehin gestorben – und nicht nur für meine Nachfolger. Nein – für die gesamte Menschheit. Schade ist nur, dass viele Menschen von ihrer Rettung nichts wissen wollen. Aber im Reich Gottes wird niemand zu irgendetwas gezwungen. Alles geschieht auf freiwilliger Basis. So wird jeder eines Tages vor Gott stehen und für sein Handeln zur Rechenschaft gezogen werden. Viele Menschen wenden sich von mir ab aus Angst vor den Reaktionen ihrer Mitmenschen. Aber Christen, die zusammenhalten, sind eine starke Gemeinschaft.«

Mann oder man?

Man kennt es! Immer wieder stellt sich die Frage: Wann schreibt man »Mann«, wann schreibt Mann »man«?

Wann Mann »man« schreibt, liegt an ihm selber. Aber man muss aufpassen, dass Mann nicht »Mann« schreibt, wo man »man« schreibt. Welches (M)man(n) man meint, merkt Mann in der Regel beim Lesen. Frau auch. Aber wenn man immer wüsste, welches »man« man bzw. Mann meint, wenn Mann sich mit Frauen unterhält ...

Diese nämlich könnten sich doch benachteiligt fühlen, wenn man nur in (M)man(n)-Form mit ihnen redet.

Nur gehustet!

Am Tisch herrscht Stille, bis auf einmal Folgendes geschieht:

Thomas: *(Hustet).*

Berta: Gesundheit!

Thomas: *(Zeigt keine Reaktion).*

Berta: »Gesundheit« habe ich gesagt!

Thomas: Ich weiß.

Berta: Warum bedankst du dich dann nicht?

Thomas: Weil ich nur gehustet habe.

Berta: Ich kann dir doch trotzdem Gesundheit wünschen?!

Thomas: Wenn jemand hustet, sagt man aber nicht »Gesundheit«.

Berta: Aber wenn mir dein Wohlbefinden am Herzen liegt, kann ich doch »Gesundheit« sagen?!

Thomas: Ich muss aber nicht darauf antworten.

Anne: Wäre aber besser.

Thomas: Ich habe aber nicht um Gesundheit gebeten – und wenn ich sage, ich will nicht, dass mir jemand Gesundheit wünscht, dann will ich das nicht.

Christian: Du hast aber nicht gesagt, dass du es nicht willst.

Thomas: Ist doch egal.

Berta: Dann ist aber auch egal, dass ich dir Gesundheit gewünscht habe.

Thomas: Na also! Warum hast du mir dann Gesundheit gewünscht?

Anne: Darf sie das nicht?

Thomas: Nicht, wenn ich das nicht will.

Christian: Du hast nicht gesagt, dass du das nicht willst.

Thomas: Dann wisst ihr es jetzt.

Alle außer Thomas: Wir sorgen uns eben um dein Wohlbefinden.

Thomas: Nein, nur Berta.

Christian: Also ich finde, Krankheit fängt schon beim Husten an.

Thomas: Warum hast du mir dann nicht Gesundheit gewünscht?

Christian: Das wolltest du doch nicht?

Thomas: Das weißt du doch vorher nicht!

Christian: Dann war es ja richtig, dass Berta dir Gesundheit gewünscht hat!

Thomas: Nein! Schließlich habe ich nur gehustet!

Gedankenspiele

Ich stehe am Zebrastreifen, will gerade die Straße überqueren. Ein Motorradfahrer, schwarz gekleidet, Vollbart und ohne Helm, fährt schnell an mir vorbei, über den Zebrastreifen – ohne mich zu grüßen! Und dabei kennen wir uns! Schließlich habe ich ihm letztens seinen Autoschlüssel in den Briefkasten gelegt, als ich für ihn etwas erledigen musste, weil er gerade in Zeitnot war. Die Absprache war, dass ich mit seinem Auto fahren darf und ihm den Schlüssel anschließend in den Briefkasten werfe.

Ich sehe meine Pflicht dadurch erfüllt, ihm – wie abgesprochen – den Schlüssel in den Kasten geworfen zu haben, und er hält es noch nicht mal für nötig, mich zu grüßen, geschweige denn anzuhalten, um mich über den Zebrastreifen gehen zu lassen. Was sagt man dazu?

Es könnte allerdings sein, dass irgendein Fremdling den Schlüssel aus dem Briefkasten entwendet hat. Das würde natürlich auch erklären, warum er jetzt mit seinem Motorrad fährt. Er ist wohl noch ziemlich angefressen, wenn ihm tatsächlich sein Auto geklaut wurde. Und deshalb ist er einfach so an mir vorbeigefahren – ja, das hat er bestimmt mit Absicht getan! Der mag mich nicht mehr. Dabei kann ich doch nichts dafür, wenn mir jemand zusieht, wie ich etwas in den Briefkasten werfe. Außerdem war es seine Idee, dass ich den Schlüssel in den Briefkasten werfen soll. Und jetzt schiebt er mir die Schuld in die Schuhe, weil er jetzt nur noch mit dem Motorrad fahren kann. Normalerweise fährt er immer mit dem Auto. Wenn er auch jetzt mit dem Auto unterwegs wäre, müsste er sich nicht bei diesem Sonnenschein in der Hitze braten lassen. Er könnte die Klimaanlage anschalten. Diese nämlich wirkt der Hitze erfolgreich entgegen.

Er hätte mir ja zeigen können, wie man einen Schlüssel in einen Briefkasten zu werfen hat, ohne dass man dabei beobachtet wird. Er muss es doch wissen! Schließlich ist er Briefträger, und die haben bestimmt besondere Tricks, wie etwas diskret und unauffällig in einen Briefkasten geworfen werden kann. Irgendwelche Tricks muss es da doch geben – und die hat er mir nicht verraten! Vielleicht deswegen, weil er schon mal von meinem Hund gebissen wurde, beim Verteilen der Briefe ... Noch heute ziert eine Narbe seinen linken Oberschenkel. Wahrscheinlich trägt er deswegen auch die schwarze Hose. Damit hätte er noch einen Grund, sauer auf mich zu sein. Weil mein Hund ihn gebissen hat, bekam er eine Narbe und trägt deswegen schwarz, damit keiner die Narbe sehen kann. Und jetzt, wo auch noch die Sonne scheint, knallt sie natürlich direkt und erbarmungslos auf die dunkle Kleidung. Ich glaube, er ist so schnell gefahren, damit er es kompensieren kann. Die Hitze wird dadurch möglicherweise erträglicher.

Aber warum bin ich jetzt schuld, dass ihn mein Hund gebissen hat? Er mag zwar mein Hund sein, aber schließlich ist er selber dafür verantwortlich, was er macht. Denn auch ich habe nicht immer Zeit, um meinem Hund Sozialstunden zu erteilen. Außerdem muss ein Briefträger den Umgang mit Hunden gelernt haben. Und auch, wenn ein Hund plötzlich laut zu bellen anfängt, darf er keinen Schock bekommen. Nein, er muss immer Ruhe bewahren und cool bleiben.

Na gut, ich habe ihm mal gesagt, dass ich keinen Vollbart tragen würde. Wahrscheinlich hat er das falsch aufgefasst und fühlte sich in seiner Ehre verletzt. Das ist trotzdem kein Grund, mich am Zebrastreifen einfach so stehen zu lassen, als wären wir uns nie begegnet. Ob ich für ihn noch mal etwas erledige, das überlege ich mir noch mal.

Wer kann wohl den Schlüssel aus dem Briefkasten genommen haben? Hoffentlich denkt er nicht, dass ich ihn noch habe! Am Ende glaubt er gar, ich hätte ihn überhaupt nicht eingeworfen, sondern geklaut!

Aber so sei es nun, dass er mich nicht gegrüßt hat. Er wird schon sehen, was er davon hat. Gerade er redet immer von Rücksichtnahme. Dabei hat er noch nicht mal nach rechts geschaut, um zu gucken, ob da jemand steht …

Moment! … Ach, das wird es sein! … Er hat mich wohl einfach nicht gesehen.

Wo ist das Problem?

Henry Jefferson ist Deutsch-Amerikaner und leitet eine Selbsthilfegruppe für vermeintlich gestörte Menschen. Da es den Leuten in dieser Runde immer schwerfällt, miteinander ins Gespräch zu kommen, hat Henry sich für heute etwas ganz Besonderes ausgedacht. Er will seine Gruppe mit frisch gebackenen Waffeln überraschen.

Zuerst verteilt Henry die Waffeln. Dann müssen alle Teilnehmer die Augen schließen, während Henry mit einer Ketchup-Flasche um den Kreis herumgeht. Das Ganze hat folgenden Sinn: Wer einen Ketchup-Streifen auf seiner Waffel entdeckt, der muss die heutige Gesprächsrunde eröffnen.

Als Henry fertig ist, machen alle wieder die Augen auf und Henry fragt: »Wer hat einen Ketchup-Streifen?« Da meldet sich Simon: »Ich habe einen an der Waffel!« Somit darf Simon heute beginnen. Er berichtet ausführlich über seine Liebe zu Vögeln, aber auch von seiner Unfähigkeit, mit Tieren jeglicher Art umgehen zu können. Und das, obwohl er selbst schon seit vielen Jahren einen Vogel hat – das bestätigen ihm auch seine Mitmenschen.

Nun ist Jana an der Reihe. Sie berichtet in der Selbsthilfegruppe gerne über ihre Probleme mit der Hausarbeit. Besonders der Kühlschrank meine es nicht sonderlich gut mit ihr. Dieser gehe ihr nämlich oft kaputt. Und sie habe auch nicht ständig das Geld für neue Geräte zur Verfügung. Auf die Frage, was sie denn mit dem Kühlschrank alles anstellen würde, sagt Jana: »Lebensmittel kaufen, einlagern und bei Bedarf essen. Mehr nicht!« Henry Jefferson, dessen deutsch-englischer Sprachmix bei den Teilnehmern sehr beliebt ist, gibt Jana folgende Antwort: »Du musst den Kühlschrank auch manchmal abtauen, girl!«

Alfons – das Allround-Talent in der Selbsthilfegruppe – erzählt von seiner letzten Fahrradtour und dem dort aufgetretenen Zwischenfall. Er sei wohl zugegebenermaßen etwas zu schnell einen hügeligen Berg heruntergefahren. So kam es, dass er sich nicht nur den Lenker verbogen hat – nein – auch das Vorderrad löste sich und lag auf einmal fernab der Strecke. Alfons erzählt, dass er sofort zur nächsten Fahrradwerkstatt fahren wollte. Da meldet sich Simon zu Wort und sagt: »Wie kannst du denn in dieser Situation noch mit dem Fahrrad fahren? Du hast doch ein Rad ab!«

Doch schlimmer noch ist es mit Hildegard. Sie hat schon lange morsche Stellen an ihrer Wohnzimmerdecke entdeckt und sieht das ganze Haus als einsturzgefährdet an. Sie versucht bereits seit Monaten, einen Dachdecker zu bekommen. »Und so kommt es«, sagt sie, »dass ich seit geraumer Zeit einen Dachschaden habe. Es will sich einfach kein Dachdecker darum kümmern.« Die momentane Situation stimme sie traurig. Doch der Besuch dieser Selbsthilfegruppe gebe ihr den nötigen Halt, den sie in dieser prekären Situation dringend brauche.

Anne fährt fort und erzählt, sie könne seit geraumer Zeit nicht mehr gut mit Kindern. Seit eine junge Familie mit drei Söhnen in ihre Nachbarschaft gezogen sei, könne sie kaum noch ruhig schlafen. Die Kinder würden gerne Fußball spielen und eines der Kinder habe einen besonders harten Schuss. Annes Garten habe es den Jungs besonders angetan. Eines Tages folgte ein harter Schuss in eben jene Richtung und seitdem hat Anne nicht mehr alle Latten am Zaun.

Plötzlich meldet sich Dieter zu Wort und berichtet aus seinem durchaus bewegenden und nicht immer leichten Berufsleben. Er frage sich jeden Tag, wie lange er sein Leben als Schafschütze eigentlich noch aushalten könne. Schließlich habe er schon einige Schafe auf dem Gewissen. Aber er ist nun mal in diesen Beruf hineingeboren worden. Allein schon wegen des Bauernhofes, den er mit seinen Eltern all die Jahre in Schuss halten musste, hatte er keine Wahl. Für Simon ist Dieter jedoch kein gutes Vorbild. Dieter ist auch unzufrieden mit seiner Frau, wie er sagt. Die habe zu seinem 50. Geburtstag den Kuchen schlecht angeschnitten. Dabei sei sie gelernte Schneiderin.

Serafina berichtet, dass sie zum wiederholten Male ihr Geschirr für den Polterabend einer Hochzeit gespendet habe. Daher habe sie schon seit Jahren nicht mehr alle Tassen im Schrank.

»Bei all den Problemen«, sagt Henry, »ist es wichtig, hinter die Kulissen zu schauen. Das bedeutet auch, zwischen den Zeilen zu lesen, um den Ratsuchenden eine wichtige Stütze in jeder Lebenslage zu sein!« Henry ist Psychologe aus Leidenschaft und kann sich ein Leben ohne seine Selbsthilfegruppe gar nicht mehr vorstellen.

Warum eine Abmeldung beim Chef so wichtig ist

Es ist gleich 12:00 Uhr – Zeit zum Mittagessen. Was wird es in der Kantine wohl Leckeres geben? Pizza? Vielleicht auch Spaghetti? Mein Magen knurrt auf jeden Fall schon. Ich begebe mich also – in Gedanken versunken – in die wohlverdiente Mittagspause. Ohne meinem Chef Bescheid zu sagen, dass ich in die Kantine gehe, mache ich mich auf den Weg.

Ich verlasse das Bürogebäude. Die Kantine ist gleich gegenüber, ich muss nur die Straße überqueren. Ich schaue mich kurz um, aber Autos fahren hier sowieso kaum vorbei, gehe los – und stürze plötzlich über einen spitzen Stein. Der Stein bohrt sich so tief in meine Schuhsole, dass mein Fuß nicht nur schmerzt, sondern auch zu bluten beginnt. Vor Schmerzen krümme ich mich auf der Straße. Aber mein Chef kann mich jetzt nicht ins Krankenhaus fahren – er weiß schließlich nicht, wo ich gerade bin. Er könnte es vermuten – er ist jedoch nicht verpflichtet, Vermutungen anzustellen.

Während ich mich also quäle – was in diesem Moment natürlich niemand sieht, denn weder Autos noch Fußgänger kreuzen meinen Weg –, denkt mein Chef, ich sei noch im Büro. Doch als er nachschaut, fällt ihm gleich auf, dass sein treuer Mitarbeiter unauffindbar ist. Er macht sich Sorgen – sein gut durchstrukturierter Tagesplan gerät aus den Fugen. Die Besprechung um

14:00 Uhr wird gecancelt – jetzt werde ich von meinem Chef offiziell gesucht.

Aus Gründen des vorherrschenden Zeitmangels ruft mein Chef ein Sondereinsatzkommando ins Leben. Die Radiostationen melden mich bereits als vermisst, das Fernsehen führt mit »Breaking News« das Programm fort, die ARD plant schon einen »Brennpunkt« zum Thema »Mitarbeiter und ihre Pflichten gegenüber Vorgesetzten«, das ZDF nimmt kurzerhand diesen brandaktuellen Fall aus gegebenem Anlass in die heutige Sendung von »Aktenzeichen XY ungelöst« auf – sogar eine Live-Schaltung in alle möglichen Richtungen wird geplant. Frei nach dem Motto »Er könnte überall sein«. Während mich noch immer niemand gefunden hat, vegetiere ich so vor mich hin und schleppe mich mit letzter Kraft von der Straße, um nicht auch noch überfahren zu werden – für den Fall, dass wider Erwarten doch ein Auto kommt.

Zu meinem Glück kommt jetzt tatsächlich eines. Es hält an und der Fahrer fragt nach meinem Befinden. Als ich den Daumen nach unten bewege, sind sich alle Insassen des Autos einig: »Das ist der Gesuchte!« Ohne große Vorwarnung halten sie mir ein Mikrofon vor mein Gesicht und interviewen mich zum Ablauf des Vorfalls. Es sind RTL-Reporter. Ich habe bereits Unmengen an Blut verloren, als die Reporter auf die Idee kommen, mir nun aber schnellstmöglich helfen zu müssen.

Nachdem das Interview im Kasten ist, fährt mich die RTL-Belegschaft netterweise doch noch ins Krankenhaus. Dort werde ich wieder aufgepäppelt. Ich habe mir jedoch fest vorgenommen, mich beim nächsten Mal bei meinem Chef zur Mittagspause abzumelden.

Warum Telefonzellenpflege so wichtig ist

Sehr geehrter Telefonzellenbenutzer, bitte vergewissern Sie sich vorher der totalen Sauberkeit Ihrer Ohren – Schmalzgefahr!!! So klein der Schmalz auch ist – er kann erheblichen Schaden anrichten!

Ein schmalziges Ohr – und schon ist es passiert. Der Schmalz verklebt den Hörer, man versteht sein Gegenüber schlechter. Schmalz ist nicht zuletzt ein Feind der verbalen Verständigung und kann schlimmstenfalls zum vorzeitigen Abbruch des Telefonats führen.

Die Rechnung

Dieter ist aufgeregt. Er macht eine Ausbildung zum Werkzeugmechaniker und es sind noch zwei Wochen bis zu seiner Abschlussprüfung. Noch ganze 14 Tage muss er ausharren. Er hat sich schon alles genau ausgerechnet. Schauen wir mal in seine Berechnungen rein.

Dieter sagt: In zwei Wochen ist meine Abschlussprüfung. In drei Wochen wird die Abschlussprüfung wiederum schon seit einer Woche der Vergangenheit angehören und Dieter auf einem Konzert sein. Geht man nun von diesem Zeitpunkt aus und geht nun wiederum sieben Wochen zurück, dann stehen wir bei sechs Wochen vor der Prüfung. Ausgehend von diesem Zeitpunkt braucht man nur 42 Tage und somit sechs Wochen nach vorne zu blicken, schon sind wir erneut am Tag der Prüfung.

Ganze sieben Wochen vor der Prüfung war Dieter noch auf einer Hochzeit. Wenn wir nun bei einer Woche nach der Prüfung stehen, sehen wir, dass wir neun Wochen zurückgehen müssten, um eine Woche vor der Hochzeit zu stehen. Gehen wir allerdings von einer Woche vor der Hochzeit fünf Wochen nach vorne, so stehen wir bei vier Wochen nach der Hochzeit und drei Wochen vor der Abschlussprüfung. Dieser Tag steht bei Dieter ganz im Zeichen eines Friseurbesuches. Um wieder bei dem heutigen Tag anzukommen, müssen wir von den drei Wochen vor der Abschlussprüfung noch eine Woche nach vorne blicken. Dieter hat nicht nur heute in zwei Wochen seine Abschlussprüfung, sondern auch heute in acht Wochen seinen Geburtstag. Gehen wir vom heutigen Standpunkt zehn Wochen nach vorne, so stehen wir bei zwei Wochen nach dem Geburtstag und acht Wochen nach der Abschlussprüfung. Diese acht Wochen nach der Abschlussprüfung bedeuten auch 15 Wochen nach der Hochzeit und elf Wochen nach dem Friseurbesuch.

Aber Dieter hat noch weitaus mehr vor. Er möchte heute in fünf Wochen zum Schützenfest. Eine Woche später hat er Urlaub. Beim Antritt seines Urlaubs, der zwei Wochen vor seinem Geburtstag und elf Wochen nach der Hochzeit ist, fällt ihm auf, dass er seinen Mathetest heute vor drei Wochen geschrieben hat. Heute vor sechs Wochen lag die Hochzeit eine Woche und der Mathetest noch drei Wochen im Voraus, doch am Tag des Urlaubsantritts gehören die Hochzeit und der Mathetest schon ganze elf bzw. neun Wochen der Vergangenheit an. Heute vor zwei Wochen hatte Dieter eine freie Woche. Er tankte Kraft für den Umzug, der ihn – von seiner freien Woche betrachtet – in neun Wochen erwartete. Doch eine Woche vor der Abschlussprüfung gönnte Dieter sich noch einen Kinobesuch. Dieser Kinobesuch liegt zwei Wochen vor dem Besuch des Konzertes und vier Wochen nach dem Mathetest.

In der Woche des Kinobesuches freute Dieter sich schon auf den Diskobesuch in drei Wochen, welcher heute vor einer Woche noch fünf Wochen im Voraus lag. Aber was für Dieter zählt, ist erst einmal das Hier und Heute.

Mit Pinocchio auf der Kirmes

Pinocchio ist eine ganz besondere Kinderbuchfigur. Was niemand weiß: Er hört für sein Leben gerne Radio. Einen Lieblingssender hat er nicht, aber er hört immer ganz genau hin. Besonders beim Wetter.

Daraus ergab sich für ihn schon manches Mal ein Dilemma. Wenn im Radio nämlich schlechtes Wetter angesagt wurde, zog er sich dementsprechend an. Regenjacke, Regenschirm und manchmal sogar Gummistiefel. Doch es war bei Schlechtwetterdurchsagen öfters gutes und bei guten Prognosen tatsächlich schlechtes Wetter.

Enttäuscht musste er feststellen, dass die Wettermoderatoren im Radio logen. Ihre falschen Prognosen führten im Endeffekt dazu, dass Pinocchio eines Tages erheblichen Schnupfen bekam. Sogleich besorgte er sich »Nasigoreng« – das neue, praktische Nasenspray aus der Apotheke. Denn Pinocchio wollte am Nachmittag unbedingt noch mit seinem Kumpel Lucky Luke auf die Kirmes gehen.

Doch es kam noch dicker. An diesem Tag wurde Pinocchio wegen einer Falschaussage vor Gericht von der Polizei aufgesucht. Ja, Pinocchio ist in den Augen der Polizei diesbezüglich bei Leibe kein Sonderfall, wie ihm die weibliche Polizistin – also eine Bullette – zu verstehen gab. Zu seiner Verteidigung machte er auf das weitaus schlimmere Vergehen seiner Nachbarin aufmerksam. Doch die Bullette dachte zuerst an Rosenkrieg: »Sie müssen Ihre Nachbarin ja nicht lieben, aber akzeptieren sollten Sie sie schon.« Das war für Pinocchio kein leichtes Unterfangen.

Er hat jedoch eine ziemlich schreckliche Vergangenheit hinter sich. Denn was noch nie jemand wusste: Pinocchio war jahrelang ein gefragter Drogendealer. Doch die Polizei hat ihn nie erwischt. Pinocchio hatte seine Tricks, den Stoff an der Polizei erfolgreich vorbei zu schmuggeln. Er hatte demnach also schon immer einen guten Stoffwechsel. Je öfter Pinocchio sich der Lüge bediente, umso leichter fiel es ihm, die Menschen in seiner Umgebung an der Nase herumzuführen. Das kümmerte Pinocchio nicht. Lügner gibt es schließlich alle naselang.

Allen schlechten Umständen zum Trotz ging Pinocchio an diesem Nachmittag mit Lucky Luke auf die Kirmes. Dieser wollte mit Pinocchio in die Wildwasserbahn gehen. Lucky Lukes Idee, Pinocchio dazu zu überreden, scheiterte jedoch kläglich. Davon wird Pinocchio morsch. Dabei wäre das für Lucky Luke die einzige Möglichkeit gewesen, Pinocchio zu erweichen. Schließlich wollte er mit ihm danach noch in den Breakdancer gehen. Aber wie jeder weiß, ist Pinocchio nicht schwindelfrei. Pinocchio liebt dagegen das Riesenrad und befindet sich gerne in schwindelerregender Höhe. So musste Lucky Luke also über seinen eigenen Schatten springen.

Doch für Lucky Luke gab es noch Hoffnung auf den erwünschten Spaß auf der Kirmes. Als er Pinocchio fragte, ob er mit ihm »Hau den Lukas« spielen möchte, legte dieser zwar auch hier sein Veto ein, doch zufällig streifte Boris Becker seinen Weg. Lucky Luke ließ es sich nicht nehmen, Boris Becker zu fragen, ob er mit ihm »Hau den Lukas« spielen wolle. Doch leider bekam er auch von ihm eine glatte Absage: »Tut mir leid, ich habe einen Tennisarm.« »Das machst du doch mit links!«, unternahm Lucky Luke einen weiteren Versuch, den Rechtshänder zum Spielen aufzufordern. Boris Becker und Pinocchio wurden als Langweiler abgestempelt – und das von keinem Geringeren als Lucky Luke persönlich. Dieser fristete nunmehr ein Schattendasein.

Kaum hatte Lucky Luke den Rückschlag überwunden, entdeckte er Wladimir und Vitali Klitschko in der Menschenmenge. Lucky Luke und Pinocchio gingen auf die Klitschkos zu und Lucky Luke fragte, ob er mit den Klitschkos »Hau den Lukas« spielen könne. Doch auch die Klitschkos wiegelten ab: »Wir haben momentan leider keine Zeit!« Da fragte Pinocchio, ob er die Klitschkos herausfordern dürfe. Die Klitschkos lehnten auch diese Variante ab: »Pinocchio, du hast es faustdick hinter den Ohren. Wir spielen dieses Spiel lieber auf eigene Faust.« Das hörte Pinocchio nicht so gerne. Denn diese Aussage war für Pinocchio ein Schlag ins Gesicht – doch von den Klitschkos hatte Pinocchio sich mehr Schlagfertigkeit erhofft.

Plötzlich begann es zu regnen. Pinocchio musste schnellstens ein Dach über den Kopf bekommen. So entschloss er sich, mit Lucky Luke in die Geisterbahn zu gehen. Eine Fahrt durch das Geisterschloss dürfte nun genau das Richtige sein, um einen klaren Gedanken zu fassen. Lucky Luke fragte Pinocchio vorher noch, ob er denn eventuell Angst vor der Geisterbahn habe. Diese Frage verneinte Pinocchio – da wurde seine Nase auch schon etwas länger.

Folgerichtig bekam Pinocchio es tatsächlich mit der Angst zu tun. Völlig verzweifelt wollte er sich an Lucky Luke klammern – doch dieser war bereits verschwunden. Lediglich sein Schatten war noch da.

Pinocchio drehte sich in alle Richtungen, um nach Lucky Luke Ausschau zu halten. Nun bemerkte er einmal mehr, dass Lucky Luke auch seine Schattenseiten hat. Pinocchio ergriff sofort die Flucht. Er verlief sich ein ums andere Mal, als er Lucky Luke suchte, fand ihn aber nirgends. Nach einiger Zeit sah Pinocchio eine Gestalt hinter einer Mauer. Er konnte jedoch nicht über diese hinwegsehen – denn Lügen haben kurze Beine. Daraufhin schwor sich Pinocchio, nie wieder zu lügen. Im selben Moment wurde seine Nase wieder einmal länger und Pinocchio musste einsehen, dass er zeit seines Lebens ein Lügner bleiben wird.

Wie wird es wohl im Himmel sein?

Viele Menschen glauben, dass sie in den Himmel kommen. Dabei stellt sich für sie nicht die Frage, ob es so sein wird, sondern eher wann. Aber wie wird es eigentlich im Himmel sein?

Die erste Frage, die sich mir stellt, ist, ob es im Himmel auch Toiletten gibt. Wenn ja – wie sehen die aus? Aber eigentlich dürfte es dort keine Toiletten geben. Denn warum regnet es sonst? Es kann ja nicht sein, dass Petrus es so oft nicht rechtzeitig auf das stille Örtchen schafft. Petrus ist ja auch in anderer Hinsicht ein Versager. Den Spruch »Gott sprach, es werde Licht, doch Petrus fand den Schalter nicht« möchte ich hierbei unerwähnt lassen.

Und wie ist die Zimmeraufteilung im Himmel? Gibt es Doppelzimmer, Einzelzimmer oder Gemeinschaftsräume? Spielt man im Himmel Gesellschaftsspiele? Und wenn ja – darf Johannes Heesters bei »Mensch ärgere dich nicht« mitspielen? Streng genommen dürfte er mit seinen 108 Jahren kaum mehr irgendwo mitspielen. Denn bei vielen Spielen ist die Teilnahme auf 99 Jahre beschränkt. Das bringt mich gleich auf die Frage, ob man auch im Himmel noch Geburtstage feiert.

Ich habe mal gehört, dass man vor seinem Eintritt in den Himmel auf Abrahams Schoß sitzen würde, und mir kam gleich der Gedanke, dass das vielleicht etwas langweilig sein könnte. Denn das spräche für eine Art Warteraum vor dem Himmel. Und Warten ist langweilig. Muss man eventuell – genau wie im Rathaus – eine Wartemarke ziehen? Oder kann man einfach abwarten und Tee trinken? Vielleicht liegen dort auch interessante Zeitschriften herum – jeweils die aktuellsten Ausgaben – falls es so etwas wie Zeit im Himmel überhaupt gibt. Und wenn ja, wird dann auch im Himmel zwischen Sommer- und Winterzeit unterschieden?

Und für die Fußballfans im Himmel gibt es bei Weltmeister- bzw. Europameisterschaften vielleicht ein wahrhaft himmlisches Public-Viewing. Und Gott verrät schon zu Beginn des Spiels den Endstand.

Klopft man vor seinem Eintritt in den Himmel an der Himmelspforte oder gibt es eine Klingel? Oder zieht man gar – laut Mike Krüger – tatsächlich erst den Nippel durch die Lasche? Wird ungeduldigen Menschen die Himmelspforte schneller geöffnet? Haben Fernsehsüchtige einen Fernseher in der himmlischen Unterkunft? Bei all diesen Fragen sollte man wohl einfach auf Jesus vertrauen. Er sagt schließlich, dass er hingehe, um uns eine Stätte zu bereiten – so steht es in Johannes 14,3. Und Jesus wird mit Sicherheit an alles Notwendige gedacht haben!

Wie der Nikolaus zum Stiefelsaufen kam

Der Nikolaus hat einen sehr schwierigen Job. Er muss dafür Sorge tragen, dass alle Kinder pünktlich am 6. Dezember etwas in ihrem Stiefel haben. Das ist manchmal gar nicht so einfach. Und genauso wie der Weihnachtsmann hat auch der Nikolaus eine Rute, die er hin und wieder einsetzen muss, wenn jemand in letzter Zeit nicht artig genug war. Der Nikolaus kann sich noch an einige Erlebnisse aus seiner durchaus einzigartigen Karriere erinnern.

Da wäre zum einen die Geschichte mit Max. Ein ungezogener Junge. Dieser hatte einst am Mittagstisch für Unruhe gesorgt. Nur, weil er nicht schnell genug seine Mahlzeit auf dem Teller hatte, schrie er wie am Spieß. Die Eltern versuchten, ihn zu besänftigen, jedoch schlug dieser Versuch ein ums andere Mal fehl.

Am 6. Dezember rannte Max zu seinem Stiefel. Er hoffte auf Süßigkeiten und Spielereien, fand jedoch nur einen einzigen Zettel. Es war ein Beschwerdebrief von seinen Eltern. Dieser Brief war voller Schuldzuweisungen. Max fand es deshalb unfair, dass der Nikolaus ihm auf diese Art und Weise die Schuld in die Schuhe geschoben hat.

Da wäre zum anderen aber auch die Geschichte mit Frau Elb aus Hamburg. Zugegebenermaßen war sie schon einige Jahre älter, aber von Grund auf eine liebenswürdige Person. Sie war dafür bekannt, Frieden zu stiften, und überall ein gern gesehener Gast. Ob bei Schlägereien, Pöbeleien, Diebstählen oder sonstigen Streitigkeiten – jedem war bekannt, dass Frau Elb viel Harmonie verbreitet und jeden noch so ausweglosen Streitfall zu besänftigen wusste. Daher kam der Nikolaus auf die Idee, Frau Elb ein ganz ungewöhnliches Geschenk zu machen. Er wusste, dass sie in einem Nagelstudio arbeitete. Die Tische in diesem Studio hatten auch schon mal bessere Zeiten erlebt. Deshalb machte er ihr ein Geschenk, welches in keinen Stiefel passte. Er wollte ihre Arbeit professionalisieren, denn Frau Elb verstand etwas von ihrem Fach und wusste stets, was sie mit dem Lack tat. Und so schenkte der Nikolaus ihr einen echten Profi-Lacktisch.

Der Nikolaus ist in der ganzen Welt unterwegs und hat daher schon so einiges gesehen. Eines Tages kam er an einem sogenannten Heuhotel am Bodensee vorbei. Dort lagen zwei Männer auf dem Heu und schliefen friedlich. Der Nikolaus wollte die beiden nach dem Weg fragen, doch wie sollte er sie wach bekommen? Wenn er ihnen mit seiner Rute auf die Oberschenkel hauen würde, würden die Männer sicherlich wach werden, überlegte der Nikolaus. Aber natürlich wollte er nicht ungezogen sein und unnötig für Aufsehen sorgen. So entschied sich der Nikolaus, ganz brav abzuwarten, bis zumindest einer der beiden Männer erwacht.

Der Nikolaus war zart besaitet und dachte bei sich, dass er keinen Streit anfangen möchte, nicht dass

Frau Elb schon wieder für viel Harmonie sorgen musste – am Ende gäbe es vielleicht noch eine Schlägerei? So sagte er bei sich: »Ich kann es nicht ertragen, wenn ich hier am Bodensee zwei Männer auf dem Boden seh'.«

Da erwachte einer der beiden Männer und fragte den Nikolaus, warum er seinen beiden Kindern keine Süßigkeiten in den Stiefel gepackt hatte. Darauf wusste der Nikolaus keine gute Antwort und sah verlegen zur Seite. In diesem Moment stolzierte der gestiefelte Kater an den dreien vorbei. Da zögerte der Nikolaus keine Sekunde und zog dem Kater beide Stiefel aus, worauf er umgehend versuchte, diese Stiefel mit Süßigkeiten zu füllen. Doch da hatte er die Rechnung ohne den gestiefelten Kater gemacht.

Dieser wurde nun ärgerlich, und so entwickelte sich doch noch ein Szenario, welches seinesgleichen gesucht hätte, wäre da nicht wieder Frau Elb zur Stelle gewesen, die dem Nikolaus zu Hilfe eilte. Und so kam es, dass der Nikolaus am Bodensee tatsächlich noch jemanden am Boden sah. Es war der gestiefelte Kater. Denn es handelte sich – wie sich im Nachhinein herausstellte – nicht gerade um einen Muskelkater. Auf diese Weise war der Nikolaus nun zu zwei Stiefeln gekommen. Und so beschloss er, Frau Elb als kleines Dankeschön zum Stiefelsaufen einzuladen.

Was ist Polonaise?

Die Welt ist Multi-Kulti. Es gibt sehr viele Nationen und Nationalitäten – es gibt Engländer, Australier, Belgier, Deutsche und viele andere mehr. Einige Dinge im Leben sind festgelegt und können sich auch niemals ändern. Dazu zähle ich beispielsweise den Geburtsort. Dieser ist und bleibt für alle Zeit gleich. Viele andere Sachen kann man im Laufe seines Lebens ändern: Ob es nun der Nachname ist oder sogar die eigene Nationalität. Da wird ein Russe zu einem Deutschen, der Deutsche möchte gerne die amerikanische Staatsbürgerschaft beantragen – und in manchen Fällen wird diesem Wunsch tatsächlich stattgegeben.

Die Politiker beschäftigen sich gerne mit der sogenannten doppelten Staatsbürgerschaft. Das bedeutet, dass ein deutscher Mensch – wenn er es will – die deutsche und die türkische Staatsbürgerschaft zugleich besitzen darf. Er ist also sowohl Deutscher als auch Türke. Dabei muss er die deutsche oder türkische Sprache noch nicht einmal perfekt beherrschen. Einbürgerungen gibt es zuhauf. Bekanntlich gibt es auf der Welt ja kaum mehr etwas, was es nicht gibt. So kann sich also ein Deutschtürke mit einem Russlanddeutschen unterhalten – in diesem Fall vorzugsweise auf Deutsch.

Aber wie nennt man eigentlich Menschen mit polnischen und chinesischen Wurzeln – sind das dann

Polonesen? Ist nach ihnen nicht sogar eine Art Tanz benannt worden? Nun, wie dem auch sei, in erster Linie stelle ich mir Polonesen als ganz friedliche und vor allem treue Menschen vor. Egal, was du selber ausgefressen hast – Polonesen stehen voll hinter dir und haben keinerlei Berührungsängste. Mit ihnen ist die Arbeit auf mehrere Schultern verteilt. Ein Polonese tanzt auf allen Hochzeiten und steht gerne Schlange. Er hat ein enormes Taktgefühl und geht mit dir im Gleichschritt – eben wie bei einer Polonaise. – Aber leider wird »Polonaise« mit »ai« geschrieben. Polonesen, wie ich sie hier beschrieben habe, gibt es dann wohl leider nicht. Es wäre ja auch zu schön gewesen.

Allerdings könnte mit dem Begriff »Polonaise« auch ein Pole gemeint sein, der zum Beispiel seine Pommes frites gerne mit Mayonnaise isst. Sozusagen als Synonym. Ich persönlich spreche der Polonaise auch gerne eine gewisse Verwandtschaft mit dem Tomatenmark zu. Des Weiteren möchte ich auch den »Strammen Max« nicht unerwähnt lassen und verkneife mir dazu jeglichen Kommentar.

Alle elf Minuten ...

Den Slogan »Alle elf Minuten verliebt sich ein Single über Parship« kennen viele. Mit diesem Spruch wirbt die Singlebörse für neue Mitglieder.

Alle elf Minuten – sicherlich nur ein statistischer Wert. Aber trotzdem wollen wir einmal mit diesem Wert den Erfolg einer solchen Singlebörse berechnen.

Ein normaler Tag hat 24 Stunden. Da sich laut Parship alle elf Minuten ein Single verliebt, macht das im Schnitt 131 Singles, die sich an einem Tag über Parship verlieben. Somit bleibt nach einem Tag ein Single übrig. Dieser muss also mindestens zwei Tage bei Parship bleiben, damit auch er etwas Passendes findet. Am letzten Sonntag im März hat der übrig gebliebene Single, wenn man so will, am wenigsten Chancen, den Passenden oder die Passende zu finden. Dieser Sonntag hat aufgrund der Zeitumstellung auf die Sommerzeit nur 23 Stunden. Und in dieser Zeit verlieben sich nach Aussage von Parship und laut meiner Berechnung nur 125 Singles. Das könnte jedoch bedeuten, dass spätestens der 125. Single etwas für unseren übrig gebliebenen Single vom Vortag ist, sodass am Ende dieses Tages auch er jemanden gefunden hat. Wenn sich alle elf Minuten ein Single verliebt, dann kommt rein rechnerisch also alle 22 Minuten ein potenzielles Paar zusammen. Macht also stolze 458 Paare pro Woche.

Am sinnvollsten ist es jedoch, sich im Herbst bei Parship anzumelden. Denn am letzten Sonntag im Oktober hat der Tag 25 Stunden, was bedeutet, dass sich an diesem Tag ca. 136 Mitglieder auf dieser Dating-Plattform verlieben. Das sind ungefähr fünf Singles extra. Aber leider darf man nicht unmittelbar nach Abschluss einer erfolgreichen Suche kündigen. Zumindest kommt man nicht sofort und ohne Weiteres wieder raus. Für eine Jahresmitgliedschaft zahlt man einen monatlichen Beitrag von 54,90 Euro, macht also auf das Jahr gerechnet stolze 658,80 Euro. Da erwartet man natürlich keine 0815-Mogelpackung.

Laut einer Onlinestudie von ARD und ZDF gab es allein im Jahr 2016 rund 58 Millionen Internetnutzer in Deutschland. Von diesen waren knapp 30 Millionen Nutzer männlich und etwa 28 Millionen Nutzer weiblich.

Mit diesen Angaben lässt sich doch etwas anfangen! Angenommen, alle 58 Millionen Internetnutzer wären auf der Parship-Plattform auf Partnersuche. Das würde bedeuten, dass für 28 Millionen Frauen auch 28 Millionen Männer zu finden sind. Bleiben also noch immer zwei Millionen Männer übrig, die mehr oder weniger leer ausgehen. Denn für diese zwei Millionen Männer braucht es wieder eine Zeit von ungefähr 616 Millionen Minuten, bis sich alle einmal verliebt haben. Denn laut Parship verliebt sich schließlich alle elf Minuten, wie gesagt, ein Single. Es braucht also 22 Millionen Minuten und somit 15.277 Tage, bis auch die restlichen

Singles vergeben sind. Das macht etwa 42 Jahre. In dieser Zeit hätte ein Langzeitsingle schon 27.669,60 Euro ausgegeben. Das entspricht laut meiner Recherche bei der Job-such-Börse Absolventa knapp über 7,5 Monatsbruttodurchschnittsgehälter für Vollzeitbeschäftigte aus dem Jahr 2015. Dieser Durchschnittsverdienst lag 2015 nämlich bei 3.612 Euro pro Monat. Wenn das so ist, dann lohnt sich wohl eher eine Partnersuche auf Elitepartner. Die werben immerhin mit dem Slogan »Akademiker und Singles mit Niveau«.

Gute Frage, nächste Frage

Ich bin ein Mensch, der vieles hinterfragt. Ich frage mich nur: Warum? Wenn sauer lustig macht – was macht dann scharf? Wenn es so viele Betrüger auf der Welt gibt – warum drucken Mitarbeiter einer Gelddruckerei sich nicht ihr eigenes Gehalt? Wieso tragen viele schlaue Menschen eine Brille?

Wenn die Medizin schon immer erforscht wurde – wie ist dann die erste Operation der Weltgeschichte verlaufen? Was wird bei Redewendungen eigentlich gewendet? Warum gibt es auf manche Fragen Antworten, die eindeutig zweideutig sind? Diese und andere Fragen haben oftmals keine eindeutige Antwort.

Wenn sehr ernste Menschen lachen, dann meistens witzlos. Wenn Langeweile müde macht, was zeichnet dann die gähnende Langeweile aus? Wenn manche Sachen einfach sind und andere Sachen schwerfallen – warum fallen uns manche Dinge einfach schwer? Warum liegt die Wahrheit nie rechts oder links, sondern oftmals irgendwo in der Mitte? Sind Widersprüche und Ungereimtheiten daran schuld? Warum ist man nach dem Essen immer so satt und warum haben auch Linkshänder Anspruch auf eine Rechtsberatung?

Über alle diese Fragen kann man sich den Kopf zerbrechen – lange diskutieren – und kommt am Ende doch nicht auf einen Nenner. Aber im Volksmund heißt es doch: »Versuch macht klug!« Und vielleicht kauft sich der eine oder andere Diskussionsteilnehmer danach auch eine Brille!

Die Tücken des Monatsanfangs!

Das kennen Sie sicher: Der Tag ist schon fast vorbei und urplötzlich meldet sich die Erkenntnis, dass heute ein neuer Monat beginnt. »Ach, heute ist ja schon der Erste!« – wie oft haben Sie das schon gehört oder gar selbst ausgerufen? Dementsprechend kann auch ein Geburtstag, der am Ersten eines Monats gefeiert wird, schnell in Vergessenheit geraten. Woran könnte das liegen?

Nun ist es kein Geheimnis, dass es auf der Welt genügend Menschen gibt, die mehr oder weniger vergesslich sind. Aber dafür gibt es ja auch Uhren mit Datumsanzeige. Und hier lauert eine nicht zu unterschätzende Gefahr. Es gibt nämlich nicht nur automatische Funkuhren, die das Datum täglich richtig anzeigen, sondern auch analoge Uhren mit Datumsanzeige. Und hier hat ausnahmslos jeder Monat 31 Tage, obwohl es ja beispielsweise keinen 31. April gibt. Das bedeutet im Klartext, dass man selber wissen muss, wann ein neuer Monat beginnt, denn an solchen Uhren ist das Datum per Hand einzustellen.

Angenommen, jemand hat einen Termin am 2. Mai, den er unbedingt wahrnehmen muss, und er hat am 1. Mai noch die 31 auf der Uhr stehen. Es wäre ihm zu wünschen, dass er noch im Laufe des Tages mitbekommt, dass der Mai bereits begonnen hat und sein Termin schon morgen ist.

Eine echte Schlafmütze könnte auch den 31. Februar feiern und gar nicht merken, dass schon der 2. oder 3. März ist. Denn am Februar gibt es ja die Besonderheit, dass er maximal nur 29 Tage haben kann – und dass es den 29. Februar nur alle vier Jahre gibt, sollte man ebenfalls wissen. Menschen die an diesem Tag Geburtstag haben, werden immer wieder denselben Witz hören, wenn Außenstehende versuchen, ihnen ihr »wahres Alter« vorzurechnen, indem das tatsächliche Alter durch vier geteilt wird. Gerne kommen dann Sprüche wie: »Dann bist du ja erst vier Jahre alt – kicher, kicher!«

Aber zurück zur analogen Uhr: Der Juli und der August sind zwei Monate mit jeweils 31 Tagen, die auch noch direkt aufeinanderfolgen. Hier hat das Uhrendrehen zwei Monate lang Pause.

Weitere mögliche Probleme können am letzten Sonntag im März und im Oktober auftreten. Hier ist es das Monatsende, das für Furore sorgt. An diesen beiden Sonntagen gibt es einen 23- bzw. 25-Stunden-Tag, da die Uhren zwecks Sommer- und Winterzeit eine Stunde vor- oder zurückgestellt werden. Dieses Problem ruft die Politiker auf den Plan, die eine schon seit 1980 praktizierte Zeitumstellung wegen angeblicher Energiesparmaßnahmen für sinnvoll erachten. Stattdessen kommen manche Geburtstagsgäste in steter Regelmäßigkeit eine Stunde zu früh oder zu spät. Das Leben ist hart!

Von Quotentiefs, Calgon und »Wetten, dass ...?«

In der Fernsehlandschaft gibt es einiges zu sehen. Die Sendungen sind unterschiedlich, jedoch obliegen sie alle dem gleichen Druck: Die Quote muss stimmen. Woran es liegen könnte, dass die eine TV-Produktion erfolgreich ist, während die andere im Quotentief steckt, versuche ich hier einmal genauer zu durchleuchten.

Die besten Sendungen werden am späteren Abend ausgestrahlt. »Stern-TV« beispielsweise läuft jeden Mittwoch um 22:15 Uhr auf RTL und hat für einen Mittwochabend sehr erfolgreiche Einschaltquoten. Da gibt es aber auch noch Sender wie Pro 7 oder Sat 1. Was haben diese Sender nun mit RTL zu tun? Ganz einfach: Auf Pro 7 sowie seit geraumer Zeit auch auf Sat 1 variieren die Anfangszeiten der ausgestrahlten TV-Produktionen. So beginnt die Prime-Time (also die Sendung um 20:15 Uhr) meistens schon um 20:14 Uhr. Das kann Auswirkungen auf den gesamten Fernsehabend haben.

Man stelle sich nun einmal vor, der Zuschauer schaltet kurz vor 20:15 Uhr den Fernseher ein. Es ist 20:14 Uhr und er landet auf Pro 7. Gefällt dem Zuschauer, was er da sieht, ist er kaum bereit, noch weiterzuschalten, um zu gucken, was die anderen Sender bringen. Und so hat Pro 7 den Zuschauer mit seiner Sendung auf seiner Seite und steckt somit bereits um 20:14 Uhr die anderen Sender quotentechnisch in die Tasche. Würde die Prime-Time auf Pro 7 erst um 20:16 Uhr oder noch später beginnen, dann würden die Zuschauer vielleicht einen anderen Sender bevorzugen.

Genauso kann es sein, dass eine Sendung erst um 22:32 Uhr beginnt, obwohl sie laut Fernsehprogramm bereits um 22:30 Uhr anfangen sollte. Schaltet der TV-Zuschauer in diesem Fall exakt um 22:30 Uhr den Fernseher ein, sieht er noch die letzten zwei Minuten der vorherigen Sendung. Diese zwei Minuten könnten ausreichen, um ihn als potenziellen Fan für eben diese Sendung zu gewinnen.

Ungünstig dagegen ist es, eine Sendung, die tatsächlich um 22:33 Uhr beginnt, offiziell für 22:35 Uhr anzukündigen, wie es beispielsweise Pro 7 gerne tut. Denn in diesem Fall verpasst der pünktliche Zuschauer zwei Minuten seiner Sendung. Somit hätte er nicht die komplette Sendung gesehen oder versteht einen Film nicht im gesamten Kontext, da ihm die ersten zwei Minuten fehlen. Es mag sicherlich auch Menschen geben, die an dieser Stelle bereits komplett entnervt abschalten. Ja, so ein Lug und Trug beim Ansagen der Anfangszeiten kann einem schon mächtig die Laune verderben. Dabei ist der Zuschauer den offiziellen Angaben der TV-Sender ausgeliefert – besonders dann, wenn er keinen Videotext und keine TV-Zeitschrift hat.

Die Werbung ist auch eine heikle Sache und kann ebenfalls ins Quotentief führen. Denn viele Menschen schalten während der Werbung einfach um. Dabei entdecken sie eine andere, vielleicht sogar spannendere Sendung, deren Ausgang sie ebenfalls nicht verpassen wollen. Das ist gefährlich. Denn wenn man nun hektisch und in der Kürze der Zeit nach der Wiederholung einer Sendung forscht, ist die Wahrscheinlichkeit groß, dass man den Anschluss im eigentlich bevorzugten Programm gänzlich verpasst. Folglich schaltet man am besten gar nicht um und schaut sich die komplette Werbung an.

Der eine oder andere Zuschauer bevorzugt jedoch von vornherein ein öffentlich-rechtliches Programm, wie zum Beispiel das der ARD oder des ZDF. Diese Sender dürfen bekanntlich ab 20:00 Uhr keine Werbung mehr ausstrahlen. So macht Fernsehen richtig Spaß. Doch das Privatfernsehen erfreut sich trotz der dauerhaften Werbeerlaubnis großer Beliebtheit, meist sogar in der gewünschten Zielgruppe.

Das abendliche Werbeverbot bei den öffentlich-rechtlichen Sendern kann jedoch auch Nachteile haben, denn hin und wieder müssen deswegen sogar Sendungen aus dem Programm genommen werden. Beispielsweise war die Samstagabendshow »Wetten, dass ...?« sehr interessant – und doch wurde sie eingestellt. Ich möchte hier einmal erklären, was dieser Sendung in Wahrheit zum Verhängnis wurde.

»Wetten, dass ...?« war eine Familiensendung, die mehrere Stunden dauerte. Wenn man so lange vor dem

Fernseher sitzt, kommt man irgendwann in das Dilemma, dass man sich der angefressenen Süßigkeiten und Softdrinks, die man sich für diesen Abend bereitgestellt hat, im Zuge eines Toilettenganges entledigen muss. Leider gibt es dafür keine Werbepause. Stellen wir uns jetzt eine Großfamilie vor, die diese Show gespannt verfolgt. Als Erstes meldet sich die Blase des kleinen Tim – er muss auf die Toilette. Aber »Wetten, dass ...?« ist ja so spannend! Da will Tim natürlich nichts verpassen. Lieber macht er sich in die Hose, als dass er auch nur eine Sekunde seiner Lieblingssendung verpasst. Doch nicht nur der kleine Tim, sondern die komplette Familie bedient dieses Denkmuster. Folglich müssen nicht nur alle Familienmitglieder nach »Wetten, dass ...?« noch einmal duschen, sondern die Klamotten landen anschließend völlig durchnässt in der Waschmaschine.

Nach jeder Ausstrahlung von »Wetten dass ...?« schnellte der Wasser- und Stromverbrauch in deutschen Haushalten unverhältnismäßig in die Höhe. Damit sorgte das ZDF nicht nur für eine höhere Stromrechnung, auch Calgon durfte in keinem Haushalt mehr fehlen – denn damit leben Waschmaschinen bekanntlich länger. »Wetten, dass ...?« sei Dank! – Nichtsdestotrotz war »Wetten, dass ...?« – wohl hauptsächlich aus ökologischen Gründen – irgendwann nicht mehr tragbar, weshalb sich der Sender dazu entschieden hat, diese hoch spannende TV-Show endgültig einzustellen.

Herzliche Einladung

Nutzen Sie die 1-malige Chance und senden Sie uns den von Ihnen ausgefüllten Vertrag in 2-facher Ausfertigung zu. Lassen Sie es sich nicht 3 Mal sagen – wir schenken Ihnen ein Kla-4. Unsere 5-Mann-Kapelle begleitet Ihr Lieblingslied auf der 6-saitigen Gitarre. Unter unseren Special-Guests befinden sich unter anderem die 7 Zwerge, die auf das Schneewittchen 8en. Zum Abschluss der Zeremonien werden alle 9e umgekegelt – da für Ihr leibliches Wohl gesorgt ist, bekommen Sie natürlich auch etwas zwischen die 10e.

Es grüßt Sie ganz herzlich
Elfi!

Achtung – Eilmeldung

Was liest man nicht alles in der Zeitung oder im Videotext? Und was ist davon wirklich nützlich? Am 13. Juni 2015 bin ich – und das ist kein Scherz – im Videotext meines Lieblingssenders RTL auf eine Schlagzeile gestoßen, die mich der Unwichtigkeit halber dann doch wieder so sehr zum Schmunzeln brachte, dass ich den Text dazu einfach lesen musste. Die Schlagzeile lautete: »Pflaume war wählerisch.« Dabei ging es um die kindlichen Essgewohnheiten des TV-Moderators Kai Pflaume. Dort wurde berichtet, dass man für ihn oft separat kochen musste.

Mindestens ebenso wichtig wäre die Schlagzeile: »Lothar Matthäus schneidet sich die Fußnägel zu kurz.« In dem darauf folgenden Text könnte bekannt gegeben werden, dass die Fußnägel noch kürzer sind als die Durchschnittsdauer seiner weiblichen Liebschaften. Bald hat er mehr Liebesbeziehungen hinter sich, als er Nationalspiele bestritten hat – und er ist immerhin Rekordnationalspieler der deutschen Fußball-Nationalmannschaft. Die Freundinnen bzw. Frauen der Fußballer werden allgemein als »Spielerfrauen« bezeichnet. Zu Matthäus' aktiver Zeit als Profifußballer musste wohl genauer hingeschaut werden, wenn man von Spielerfrauen sprach – waren damit die weiblichen Gefolgschaften aller Spieler gemeint oder ging es lediglich um die Frauen des Lothar Matthäus?

Am 26. Juni 2015 las ich – natürlich wieder bei meinem Lieblingssender – eine weitere unwichtige Meldung. Dort stand die Schlagzeile: »Nosbusch rechnet Luxemburgisch«. Im Text hieß es, Desiree Nosbusch verrechne sich in anderen Sprachen angeblich ständig – sie habe jetzt ihren Platz und ihre Nische gefunden. Dazu muss man sagen, dass sie in Luxemburg geboren und aufgewachsen ist, was ebenfalls im Text stand. Die Frage ist nur: Wen interessiert das?

Auch lustig sind die dauerhaften TED-Umfragen. Hier geht es darum, seine Meinung zu einem bestimmten Thema in Form eines Telefon-Votings abzugeben. Eine der Lieblingsfragen auf den privaten TV-Kanälen ist die Frage, wer deutscher Fußballmeister wird. Zur Auswahl stehen dann Antworten wie:

1. Bayern München
2. Borussia Dortmund
3. Bayer Leverkusen
4. Ein anderer Verein
5. Weiß nicht
6. Mir egal

Folgerichtig hat die Option »Mir egal« in aller Regel die wenigsten Anrufe. Wer für diese Option anruft, der hat zweierlei: zu viel Geld und absolute Langeweile. Oder wie es in Form eines TED-Votings heißen würde:

»Was hat jemand, der bei TED-Umfragen für die Option ›Mir egal‹ anruft?«

1. Zu viel Geld
2. Absolute Langeweile
3. Weiß nicht
4. Mir egal

Wenn er nachts Piano spielt oder der nette Mann von nebenan

Claudia Jung singt das Lied »Wenn er nachts Piano spielt«. Das ist meiner Meinung nach ein sehr schönes Lied, jedoch wirft es für meine Begriffe einige Fragen auf. Die erste Frage, die ich mir an dieser Stelle unbedingt zu fragen wage: Warum muss es nachts sein? Kann er nicht tagsüber musizieren?

So ein Nachtfalke! Was macht er denn bloß tagsüber? Wahrscheinlich ist er Schichtarbeiter, kommt alle drei Wochen von der Spätschicht nach Hause und kann noch nicht sofort schlafen gehen.

Claudia Jung singt in diesem Lied von einem Mann, an den man als Frau leicht das Herz verliert. Sie selbst tut es auf jeden Fall. Es handelt sich hierbei wohl um einen wahren Frauenhelden. Sie stellt sich seine Hände vor, die sanft weiße Tasten berühren. Von schwarzen Tasten erwähnt sie in diesem Lied nichts, was darauf schließen lässt, dass er seine Lieder vielleicht ausschließlich in C-Dur spielt. In dieser Tonart kommen nämlich nur weiße Tasten vor.

Das Lied selbst beginnt mit Es-Dur. Da der Mann, um den es in diesem Lied geht, am liebsten den Komponisten Chopin mag, kann man allerdings davon ausgehen, dass er auch Stücke dieses Künstlers im

Repertoire hat. Und ein Musiker wie Chopin spielt gerne auch mal schwarze Tasten.

In einem Textausschnitt dieses Liedes heißt es: »Wenn er nachts Piano spielt, dann wünsch' ich mir so, er wär' hier. Dabei ist er nur eine Wand weit entfernt, Tür an Tür.« Und außerdem sagt sie ihm von der eigenen Wohnung aus, dass sie – genauso wie er – Musik liebt. Doch leider kann er's durch die Wand nicht hör'n. Wenn ich das richtig sehe, gibt es da nur eine Lösung: Geh doch rüber, Mädel – er ist ja ohnehin noch wach!

Den Grund, warum sie nicht rübergeht, liefert sie auch in diesem Lied. Für sie ist er –hinter der Tür – trotzdem so weit weg von ihr. Was könnte das heißen? Vielleicht bringt sie einige Kilos zu viel auf die Waage und hat daher ein schwerwiegendes Problem? Dafür wüsste ich eine Lösung: Jeder Gang macht schlank! Und wenn ich ihr an dieser Stelle mal eine Diät empfehlen darf: FdH, was so viel bedeutet wie »Für den Hund«! Je größer, desto besser. Der Hund nämlich frisst den Rest der Mahlzeiten von Claudia Jung einfach restlos auf und Frau Jung braucht sich keine Gedanken zu machen, dass sie ein paar Pfunde zu viel wiegt. Und sollte der Weg zum Nachbarn trotzdem zu beschwerlich sein – er ist ja immer noch der nette Mann von nebenan.

Der Betriebsrat

Fantastimo ist eine fantastische Firma – ein mittelständisches Unternehmen mit ungefähr 300 Mitarbeitern. Ein Unternehmen dieser Größenordnung hat auch einen Betriebsrat.

Herbert ist für sein lautstarkes Organ bekannt und daher der Kopf im Betriebsrat bei Fantastimo. Stellvertretender Vorsitzender ist Knut – ein Mensch, der gerne die Dinge selber in die Hand nimmt. Weitere Mitglieder dieses Betriebsratsgremiums sind Katja – die Bodenständige, Dieter – der Ehrliche, Hella – die Aufmüpfige, Gretel – die Gutmütige und Hubert – der Haar-in-der-Suppe-Finder – als Protokollführer. Als Ersatzmitglied komplettiert Fridolin, der Zurückhaltende, die Runde.

Im Betriebsrat gibt es einiges zu besprechen – manchmal auch Themen, die gar nicht so leicht zu verdauen sind, Themen, die unter die Haut gehen. Da wäre zum einen das Problem mit Fred – ein Mitarbeiter, der gerne mal zu spät an seinem Arbeitsplatz erscheint. Eine Ermahnung hat er schon erhalten. Trotz Androhung weiterer Konsequenzen scheint er sein Verhalten nicht grundlegend ändern zu wollen. Sitzung für Sitzung hat man sich darüber ausgetauscht, was mit Fred passieren soll. Herbert war ob der Situation völlig außer sich und bat Fred zum Gespräch – doch der ist nicht erschienen. Gretel versuchte daraufhin mit Leibeskräften, Herbert von einer vorschnellen Handlung abzuhalten: »Herbert, nimm dir das nicht so sehr zu Herzen. Wir sollten Fred mit allen Mitteln der Kunst zur Seite stehen.« »Das sehe ich doch auch so!«, gab Herbert zu verstehen.

Als absolut ehrlicher Mensch schlägt Dieter gerne mal über die Stränge, weshalb er nicht gut mit Herbert kann. Die beiden geraten des Öfteren aneinander. Insgeheim sägt Dieter an Herberts Stuhl. Doch um diesen Posten buhlt auch Knut. Der Betriebsrat setzt sich für die Mitarbeiter dieses Unternehmens ein, hat aber auch untereinander so manchen Machtkampf zu führen.

Einen Anlass dafür gab das Betriebsfest, bei dem sich nicht alle einig darüber waren, was man zu essen besorgt und wer sich beispielsweise an den Grill stellt. Selbst die Frage, wer was mitbringen soll, wurde heiß diskutiert. Viele Mitglieder waren sich uneins, was sie beisteuern sollten. Katja brachte schließlich zu diesem Grillfest Würstchen mit – die aufmüpfige Hella gab gerne ihren Senf dazu.

Herbert versucht oft, seine Ansichten lauthals durchzusetzen, Knut arbeitet stetig daran, ihm den Job als ersten Vorsitzenden streitig zu machen, Hella ist oft nicht Herberts Meinung und Hubert spricht daher ein Machtwort, indem er die Idee einer Neuwahl des Vorsitzenden und seines Stellvertreters in den Raum wirft. Um die Wogen zu glätten, ist sich der Großteil des Betriebsrates einig, dass Ruhe in den Betriebsrat einkehren sollte. Daher wird eine Neuwahl angestrebt.

Eines Tages liegt das von Hubert geführte Protokoll über die Neuwahl auf Fridolins Schreibtisch. Fridolin ist gerade aus seinem Urlaub zurückgekehrt und bekommt von alledem erst zwei Wochen später etwas mit, somit ist er »Jetzt erst Davor-Sitzender«.

Das macht man doch mit links

Für fast alles auf der Welt kann man sich begeistern. Und für ebenso fast alles gibt es Vereinsgruppen mit regelmäßigen Veranstaltungen, auf denen oft Spenden gesammelt werden. Warum nicht auch für einen Linkshänder-Club?

Dieter hatte die Idee, einen Linkshänder-Club ins Leben zu rufen. Diese Idee ließ ihn nicht los, sodass er sich an die Arbeit machte, eine Satzung für eben jenen Club zu verfassen. Er ist selbst überzeugter Linkshänder und möchte zu mehr Toleranz für diese Minderheit aufrufen. Ob die Satzung da ein gutes Bild abgibt? Grundsätzlich ist jeder Linkshänder herzlich willkommen im Club.

Jeder Geschäftsführer eines Clubs hat wichtige Leute um sich – Menschen, die richtig anpacken können. Dieter suchte händeringend nach einer Assistenz und hat sie in Person seiner Frau bereits gefunden. Sie ist sozusagen seine rechte Hand. Obwohl – geht das überhaupt im Linkshänder-Club? Seine Frau habe auf jeden Fall zwei linke Hände, wie uns Dieter auf Nachfrage versichert.

Einen handfesten Ehestreit habe Dieter aufgrund dieser Ansicht mit seiner Frau bereits gehabt. Dieses Problem ließ sich nicht im Handumdrehen lösen. Aber einen Rechtsanwalt wollte er sich nicht nehmen. Ein

Linkshänder geht niemals zur Rechtsberatung, um etwa die Rechtslage zu prüfen – so Dieter. Denn für einen überzeugten Linkshänder geht nichts mit rechten Dingen zu. Menschen mit dieser Einstellung haben bei Dieter gute Aufnahmechancen. Er selbst feiert gerne Karneval und verkleidet sich schon seit Jahren als linke Bazille. Außerdem putzt Dieter oben wie unten ausschließlich nur seine linken Zähne. In Dieters Mund geht es vermutlich auch nicht mit rechten Dingen zu.

Wenn ein Linkshänder eine Internetplattform erstellt, so wird die Seite mit vielen weiterführenden Links versehen. Auch für Linkshänder, denen das Leben nicht so locker und leicht von der Hand geht, gibt es eine Selbsthilfegruppe. Der Name »Das macht man doch mit links« liegt dabei auf der Hand. Politisch gesehen wählt der Linkshänder die Linke, erklärt uns Dieter, die rechten Parteien lässt er getrost links liegen und im Straßenverkehr meidet er konsequent die Regel »Rechts vor Links«, was gelegentlich zu massiven Unfällen führt. Steht ein Linkshänder an einer Kreuzung, so fährt er stets geradeaus oder biegt links ab. Der Rechtsweg ist ausgeschlossen.

Die Geschichte vom Kaiserschmarrn

Die schlauen Weisheiten des Franz Beckenbauer – wer kennt sie nicht? Er wird im Allgemeinen als »Kaiser« betitelt. Von ihm stammt der Spruch: »Geht's raus und spielt's Fußball.« Das war eine seiner taktischen Anweisungen als Trainer. Damit ist ja auch eigentlich alles gesagt. Was soll man große Reden schwingen?

Kaiser Franz sagte einmal den Satz: »In einem Jahr habe ich mal 15 Monate durchgespielt.« Des Weiteren gab er bekannt: »Aus dem Mund eines Torhüters ist selten ein vernünftiger Satz gekommen.«

Ich wüsste nicht, dass Franz Beckenbauer zu seiner aktiven Fußballerzeit einmal Torhüter gewesen wäre.

Doch er sagte noch einen richtigen Kracher, der aber sehr logisch ist: »Ja gut, am Ergebnis wird sich nicht mehr viel ändern, es sei denn, es schießt einer ein Tor.«

Wer hätte das gedacht? Aber manchmal langweilt sich Beckenbauer auch bei Fußballspielen, sodass er eines Tages feststellte:

»Das Einzige, was sich in der ersten Hälfte bewegt hat, war der Wind.«

Rechnen scheint auch nicht ganz seine Stärke zu sein. Ein schickes Zitat muss an dieser Stelle unbedingt Erwähnung finden. Es lautet:

»Ja gut, es gibt nur eine Möglichkeit: Sieg, Unentschieden oder Niederlage.«

Da fällt mir der Witz ein: »Es gibt drei Arten von Mathematikern. Die einen können zählen, die anderen nicht!«

Franz Beckenbauer bezeichnet sich selbst als »Gelegenheitsarbeiter«, gilt im Allgemeinen jedoch als Lichtgestalt. Diesen Titel muss man sich erst einmal verdienen. Er hat im Leben wohl vieles richtig gemacht. Somit scheint der »Kaiser Franz« unantastbar zu sein.

Wenn dieser Mann eine Rede schwingt, dann hört die ganze Welt hin. Er stellte jedoch sein eigenes Licht unter einen Scheffel, indem er sagte:

»Ich habe noch nie eine große Rede gehalten. Ich habe immer nur gesagt, was mir gerade eingefallen ist.« Dabei wollen wir mal hoffen, dass Franz Beckenbauer zeit seines Lebens noch weitere Weisheiten vom Stapel lässt. Aber wenn wir mal ehrlich sein dürfen, lässt der letzte Spruch nur einen Schluss zu: Manchmal erzählt auch der Kaiser Schmarrn.

Der Stadtstart im Stadtstaat

In Bremen fand letztens eine Marathonveranstaltung statt. Sowohl Start als auch Zieleinlauf fanden in der Stadt statt. Der Stadtstart im Stadtstaat wurde auf 10:00 Uhr festgelegt. Da der Start aber auch gleichzeitig das Ziel war, fand im Grunde genommen ein Start-Ziel-Start statt. Doch statt Start-Ziel-Start einigte man sich im Stadtstaat Bremen auf einen einfachen Stadtstart. So kam es, dass ein besonders guter Läufer einen Start-Ziel-Sieg feiern konnte. Niemand war schneller als der Sieger, der seine Startführung zeit seines Laufes nicht abgab.

Im Stadtstaat landete er einen echt guten Stadtstart. Glücklicherweise fand im Stadtstaat der Start statt. Denn es regnete bisweilen heftig. Doch die Verantwortlichen entschieden sich für den Stadtstart. Die Veranstalter fanden es gut, dass man sich grundsätzlich für einen Stadtstaat wie Bremen entschieden hat und dass hier ein Stadtstart in Form einer Marathonveranstaltung stattfand. Für das nächste Jahr entschied man sich sogar dafür, den Start in der Stadt Bremen stattfinden zu lassen und das Ziel in eine Nachbarstadt zu verlegen. So lernen die Starter gleich zwei Städte kennen. Dann gibt es also statt einer einzigen Start-Ziel-Stadt eine Startstadt und eine Zielstadt. Das sei an dieser Stelle einfach mal »gestadtet«.

Gleich am nächsten Tag

Es gibt Angaben, die bei genauerer Betrachtung besonderer Beachtung bedürfen. Wenn jemand sagt: »Das mache ich jetzt gleich!«, dann kann man schon mal ins Stocken geraten. Meint er jetzt oder gleich? Denn während »jetzt« bedeutet, dass der Sprecher dieses Wortes die Ausführung seiner Tätigkeit unmittelbar und ohne Umschweife in die Tat umzusetzen beabsichtigt, sagt »gleich« aus, dass das Vorhaben erst in Kürze – vielleicht innerhalb der nächsten 15 Minuten – umgesetzt wird.

Ein weiterer Nonsens ist die Formulierung »Gleich am nächsten Tag!«, denn hierbei haben wir es möglicherweise wieder mit Angaben zu tun, die nicht so ganz zusammenpassen. Dabei spielt es eine Rolle, wie weit der nächste Tag noch entfernt ist. Denn wenn man das Ganze genauer unter die Lupe nimmt – und das möchte ich jetzt tun –, dann fällt auf, dass die Angabe »gleich« wieder eine Ausführung in Kürze verlangt, während es bis zum nächsten Tag noch lange dauern kann.

Nehmen wir mal an, es ist Samstag, 23:00 Uhr. Sagt an dieser Stelle jemand: »Das mache ich gleich morgen!«, dann kann er sein Vorhaben entweder in Kürze ausführen (also »gleich«) oder er wartet bis Mitternacht (»morgen«). Ist es jedoch 23:58 Uhr und er sagt: »Das mache ich gleich am nächsten Tag!«, so meint er den

Tag, der unmittelbar bevorsteht, und muss dennoch bis 5:00 Uhr warten, wenn er seine Absicht am nächsten Tag ausführen will. Denn jedem Tag geht eine durchlebte (oder auch durchschlafene) Nacht voraus. Und die Nacht ist nun mal kein Tag. Da ab 5:00 Uhr viele Morgensendungen im Radio beginnen, lege ich 5:00 Uhr mal als Tagesbeginn fest. Wenn man es also genau nimmt, hat der Tag 19 Stunden, und fünf Stunden ist es jeweils Nacht.

Vielleicht haben Sie es selbst schon einmal bemerkt: Auch bei der Formulierung »durchlebt« oder »durchschlafen« liegt genau genommen etwas im Argen. Wenn eine Nacht geschlafen wurde und der Schläfer morgens quicklebendig aufwacht, so hat er diese Nacht auch durchlebt. Denn er ist ja immer noch lebendig.

Wir merken also – es ist nicht so einfach, das zu sagen, was man wirklich meint. Zumindest ist es schwierig, wenn man es ganz genau nimmt. Und das habe ich an dieser Stelle einfach mal getan.

Der ganz normale Alltag einer Pastorenfamilie – alles christlich oder was?

Es ist Montag, 5:39 Uhr – der Wecker klingelt. »Halleluja, preis den Herrn – ein neuer Tag beginnt und ich freue mich, Herr, auf dich.« Pastor Richard ist so früh morgens schon hellwach und freut sich auf die Aufgaben des heutigen Tages. 7:00 Uhr Frühstück, 11:00 Uhr Allianztreffen. Er begibt sich in Richtung Badezimmertür. Doch diese ist bereits abgeschlossen. Er ärgert sich, dass sein Tagesablauf bereits so früh durchkreuzt wird. Seine Frau Sonja ist im Bad. Er tritt mit voller Wucht gegen die Badezimmertür. »Na, nicht so heftig – klopft an, so wird euch die Tür geöffnet, Matthäus 7,7«, ertönt eine fröhliche Frauenstimme. Stimmt. Wie konnte Richard das bloß vergessen? Er ist wohl noch nicht ganz wach. Als er das Badezimmer betritt, kommt ihm ein sehr angenehmer, himmlischer Duft entgegen. Es ist der Duft vom »Gloria in excelsis Deo«, jenem Deo, mit dem Sonja sich jeden Morgen einsprüht.

Pastor Richard macht sich mit Sonja auf den Weg zum Allianztreffen in Heiligendorf, wo es mit der Referentin Christa Himmelreich einiges zu besprechen gibt. Sie wollen mit dem Zug dorthin fahren. Auf dem Bahnhof herrscht ein riesiges Gedränge. Während Sonja den Zug betritt, rempelt sie aus Versehen einen Mitfahrer an. »Hey, was soll das? Hier ist es ja so eng, da muss man nicht noch drängeln!«, schimpft der Mann. »Nun ja, der Weg zum ewigen Leben ist schmal – nur wenige finden ihn. Sie haben sich auf diese Reise gemacht und sind durch die enge Schleuse hindurchgegangen. Halleluja!«, sprudelt es aus des Pastors Mund. »Was will der Typ?«, fragt der Mann in Richtung Sonja. »Wer seid ihr überhaupt?«

»Wir sind Christen!«, gibt Sonja zur Antwort. »Ach so! Was ist das? Kann man das essen?« »Nein – das ist eine Lebenseinstellung, die wir jedem Menschen auf der Welt wünschen«, erklärt Sonja. »Aber wenn Sie Hunger haben – ich habe noch ein wenig Christstollen von heute Morgen mitgebracht. Wollen Sie etwas davon essen?« »Ja, gerne! Aber jetzt mal im Ernst: Christsein – ist das nicht altmodisch? Haben Sie Kinder? Die tun mir jetzt schon leid.«

»Ja, unser Jüngster wohnt noch bei uns zu Hause. Der Messias! Pardon – Matthias«, gibt Richard frohen Herzens preis, denn er ist stolz darauf, mindestens einen Sohn zu haben. »Haben Sie noch mehr Kinder?«, will der Mann wissen. »Ja, da gibt es noch den Christian.« Meldet sich Sonja zu Wort, während sie ihre angefangene Mineralwasserflasche Christinenbrunnen aus dem Rucksack hervorholt. »Aha – Christstollen, Christinenbrunnen, Christian. Alles christlich oder was? Lassen Sie mich raten – wahrscheinlich hat bei Ihnen zu Hause Ihre Frau die Hosi anna? Ihr seid ja echt verrückt«, stammelt der Mann mittlerweile etwas gereizt. »Richtet nicht, damit ihr nicht gerichtet werdet – denn mit dem gleichen Maß, mit dem ihr richtet, werdet auch ihr gerichtet werden«, mahnt Richard an. »Was ist das denn für eine Weisheit?«, will der Mann wissen. »Das ist das Christmaß.« »Und was ist das für eine Maßeinheit?«, fragt der Mann erstaunt. »Ein Christmaß entspricht 7 x 70 V!« »Wie bitte? Was soll das denn heißen? Wofür steht denn 7 x 70 V?« »Es bedeutet, dass der Mensch 7 x 70 Mal vergeben soll. Das V steht für Vergebung.«

Der Mann überlegt und sagt: »Das klingt ja interessant. Schafft man das denn überhaupt?« »Nun, wirklich schaffen kann das keiner. Deshalb ist Jesus ja auf diese Welt gekommen.« »Ach, Ihr dritter Sohn heißt Jesus?«, fragt der Mann verwundert. »Nein, der heißt Thomas. Jesus ist der Sohn Gottes. Er starb am Kreuz für unsere Sünden.« »Kann man denn wenigstens Sünden essen? Ich habe nämlich immer noch Hunger.« »Nein – als Sünde wird das Fehlverhalten der Menschen bezeichnet. Diebstahl, Geiz, Lügen und der ganze Unfug.« »Woher wissen Sie, dass ich Diebstahl begangen habe? Gibt es da einen Weg raus?«, fragte der Mann interessiert. »Ja – denken Sie an das Christmaß!« Der Mann überlegt: »Christmaß klingt so nach Weihnachten?!« »Ohne Weihnachten gäbe es keinen Jesus, keinen Kreuzestod und damit auch keine Vergebung.« Der Mann überlegt wieder und sagt: »Also gäbe es ohne Weihnachten auch kein Christmaß?« »Genau!«

»Das heißt ja, dass ich nicht verloren gehen muss!« »Das stimmt«, gibt Pastor Richard eine brauchbare

Antwort. »In 1. Johannes 1,9 heißt es: ›Wenn wir aber unsere Sünden bekennen, dann erfüllt Gott seine Zusage treu und gerecht: Er wird unsere Sünden vergeben und uns von allem Bösen reinigen.‹«

»Dann habe ich ja wieder Hoffnung für mein Leben. Leider muss ich an der nächsten Station aussteigen. Aber dieses Gespräch hat soeben meine Einstellung zum Leben verändert. Ich danke für das Gespräch. Merry Christmas! Und grüßen Sie mir Ihren Messias!«

Niko – der Crack

Niko hat ein Problem. Er nimmt Drogen. Eigentlich versucht er, von seiner ungesunden Lebensweise Abstand zu gewinnen. Er besucht auch schon seit geraumer Zeit eine Selbsthilfegruppe. Gemeinsam suchen die Teilnehmer nach Lösungen. Nikos Kopf ist nicht das Einzige, was raucht. Er selbst ist auch starker Raucher. Dabei ist Niko Teenager.

In der Selbsthilfegruppe hörte Niko einmal einen Vortrag von einer Drogenbeauftragten, die ursprünglich aus Tschechien stammt – ihr Name war Crystal Meth. Sie gab ihm einen seltsamen Tipp: Er solle sich im Leben ausprobieren, um mitreden zu können. Davon riet ihm die Leiterin der Selbsthilfegruppe, Marie Huana, allerdings entschieden ab. Doch Niko nahm sich vor, dass er Haschisch probieren müsse, bevor er eines Tages ins Gras beißt.

Niko war auch schon mal für einen Drogenentzug in einer Suchtklinik. Dort galten strenge Regeln. Sogar die Nachtruhe wurde strikt überwacht und eingehalten. Seine Mutter hatte ihn dort hingebracht und fragte sofort, wann die Nachtruhe für Niko beginnt. Wörtlich wurde ihr mitgeteilt: »Wach bleiben Cannabis 22:30 Uhr.« Die strengen Regeln gaben der Mutter das Gefühl, dass Niko hier in sicheren Händen ist. Niko selbst brauchte eine gewisse Zeit, um für das Leben in der Suchtklinik ein klares Ja zu finden.

Doch es dauerte nicht lange und er lernte eine nette Frau kennen. Sie heißt Ana Bolika. Sie gibt ihm die Kraft, die er zum täglichen Leben braucht, und er hat durch sie ein starkes Selbstbewusstsein gewonnen. Manchmal ist er jedoch auch schnell gereizt. Neulich war es, dass Niko ausgeticktt ist. Ana Bolika sagte einfach nur zu Niko: »Mann, Niko, du bist echt ein Crack.« Als Niko das hörte, ist er laut schreiend und sehr wütend weggelaufen. »Er hatte ganz schön Speed drauf!«, sagte Ana Bolika.

Niko wusste nicht, was mit ihm los ist. Er vertraute sich einem engen Freund an. Von ihm ließ er sich was sagen. Es war sein ständiger Begleiter Kai Pirinha. Niko hat oft auf ihn zurückgegriffen. Und er gab ihm einen ganz einfachen, ernst gemeinten Ratschlag. Er sagte: »Du hast schon so vieles in deinen noch jungen Jahren erlebt. Nichts hat dich wirklich weitergebracht. Viele Ratschläge, die du gehört hast, stammen von sogenannten Experten. Höre nicht auf Crystal Meth – sie ist in Amerika sehr bekannt. Sie gibt dir im ersten Moment das Gefühl, dass du alles schaffen kannst, was du willst. Eine ganze Zeit lang geht es dir gut und du fühlst dich leichter, wenn du das machst, was sie von dir will. Aber im Endeffekt ist sie nicht gut für dich. Sie manipuliert dich. Oder auch deine Freundin Ana Bolika. Sie versucht, dich in den schwachen Phasen deines Lebens wieder aufzubauen. Auch das gelingt eine gewisse Zeit lang und es lässt dich gut aussehen. Doch irgendwann ist auch hier die Wirkung verflogen. Und auch mich brauchst du nicht unbedingt, um das

Leben zu meistern. Es wird Zeit, dass du dein Leben selber in die Hand nimmst und dir eine gute Zukunft aufbaust.«

Niko dachte über die Worte seines Freundes nach und musste feststellen, dass die Worte für ihn LSD waren: Lehrreiche Sätze eines Deutschen. Niko beschloss, das Leben wieder neu anzupacken. Von nun an soll nicht die Droge sein Leben bestimmen. Kai Pirinha verabschiedete sich von Niko – doch seine Worte blieben Niko im Gedächtnis. Er möchte selber über seine Zukunft entscheiden. Und die will er gänzlich ohne Drogen meistern.

Lügen haben kurze Beine

Ist es möglich, ohne Lüge zu leben? Wer auf diese Frage mit »Ja« antwortet, der lügt. Lüge ich, wenn ich das so behaupte? Wer jetzt immer noch mit »Ja« antwortet, der lügt. Stimmt's? Wenn mir jetzt jemand sagt: »Du lügst!«, so spricht er wahrscheinlich die Wahrheit. Die Lüge an sich steht damit aber immer noch im Raum. Würde ich dies bestreiten, so hätte ich wieder gelogen.

Ein Sprichwort sagt: »Lügen haben kurze Beine.« Das tut mir leid, wenn man sich vor Augen hält, dass ein Lügner etwas sagt, was ohnehin schon weder Hand noch Fuß hat. Aber zumindest stehen der Lüge kurze Beine zu. Aber die nützen in Anbetracht dessen, dass die gesprochene Lüge weder Hand noch Fuß hat, auch nicht mehr viel. Oder könnte man ohne Hand und Fuß, jedoch lediglich mit kurzen Beinen ein ordentliches Foul beim Fußballspielen begehen? Ein Handspiel wäre ja auf jeden Fall schon mal nicht möglich. Dafür hat die Lüge andere Handicaps. Entscheidend ist, worauf die Lüge fußt. Wie geht man mit der Lüge um? Versucht man, sie in ein gerades Licht zu rücken? Wenn man das versucht, dann kann die Lüge ja nicht mal gerade stehen – sie hat ja, wie bereits festgestellt, weder Hand noch Fuß, womit auch nahezu ausgeschlossen wäre, dass man die Lüge auf den Kopf stellt. Mit Händen kann sie sich ja nicht abstützen. Entscheidend wird wohl sein, wie lange eine

Lüge aufrecht erhalten oder wie weit sie von anderen getragen wird. Wer die Lüge auf Händen trägt, der hat die Wahrheit mit Füßen getreten.

Rio Reiser sang ein Lied mit dem Titel »Alles Lüge«. An dieser Stelle sei gesagt, dass jemand die Wahrheit sagen kann, obwohl er lügt. Denn wenn man nur Sachen sagt, die eine glatte Lüge sind, und dann sagt: »Alles Lüge«, dann sagt man die Wahrheit, obwohl man soeben gelogen hat.

Rio Reiser singt in dem Lied: »Selbst wenn du mich fragst, ob ich dich liebe, und ich sag' Ja, weiß ich manchmal nicht genau: Ist das nun Lüge oder wahr?« Manchmal ist Wahrheit und Lüge also nicht ganz genau zu unterscheiden. Angenommen, Rio Reiser sagt: »Ich liebe meine Frau!«, dann kommt jemand zu ihm und sagt: »Du lügst!« Jetzt könnte er sagen: »Das stimmt, ich habe gelogen!« Dann hat er hier die Wahrheit gesagt, obwohl er gelogen hat. Sagt er jedoch: »Nein, ich sage tatsächlich die Wahrheit!«, so stellt man fest, dass der Untersteller der Lüge gelogen hat. Denn er hat behauptet, dass Rio Reiser gelogen hätte, was aber gelogen war, weil es nicht stimmte.

Wenn ich nun schreibe: »Dieser Satz ist der letzte dieses Textes«, stimmt der Satz nicht mehr, sobald ich noch einen weiteren Satz schreibe. Sage ich nun aber, dass ich gelogen habe, so spreche ich in diesem Zusammenhang die Wahrheit.

Alles für den Herd

Henriette ist Hausfrau aus Leidenschaft. Sie putzt mit Freude ihre Wohnung und sie backt und kocht auch gerne. Mit einer Größe von 1,59 Meter ist sie nicht gerade die Größte. Eine weitere Auffälligkeit ist, dass sie jedem ihrer Haushaltsgeräte einen Namen gegeben hat.

Ganz besonders angetan ist Henriette von ihrem Herd. Dieser trägt natürlich auch einen Namen. Sie nennt ihn Herdinand. Ja, Herdinand ist Henriettes Lieblingshaushaltsgerät, kommt sie doch ohne Probleme an ihn heran. Die beiden sind sozusagen ein Herd und eine Seele. Denn Herdinand hat eine ganz besondere Funktion – eine Funktion, die nicht jeder Herd seiner Klasse hat. Er hat so eine Art »Frühwarnsystem«. Dieses System schützt Henriette davor, dass ihre Wohnung in Her(d)zogenaurach eines Tages abfackeln könnte. Herdinand stellt sich automatisch ab, wenn es ihm zu heiß wird. Daher hat Henriette ihren Herdinand von Anfang an herdlich willkommen geheißen.

Henriette musste allerdings lange suchen, bis sie Herdinand gefunden hat. Mittlerweile ist es der vierte Herd, der bei Henriette in der Küche steht. Henriette unterzog sich einem wahren Herd-Kreislauf-System. Sie würde ihren Herdinand um keinen Preis der Welt wieder abgeben – noch nicht einmal für eine Herdprämie. Selbst in der Zeit, als Herdinand ein bisschen zu schwächeln begann, gab sie ihn nicht auf.

Eines Tages kochte Henriette Kohlrouladen. Fast wurde es ihr dabei ein wenig zu viel und der Kohldampf machte ihr zu schaffen. Das Frühwarnsystem schaltete sich laut Henriette zu spät ein. Daher vermutete sie leichte Herd-Rhythmus-Störungen, doch als Herdinand im Elektrofachhandel vorstellig wurde, gab der Experte Entwarnung. Jetzt mal Hand auf'n Herd – welche Hausfrau kümmert sich so rührend um ihre Haushaltsgeräte? Herdinand hatte schon einmal ein Herdleiden. Er ist sehr schnell auf 180.

Wenn bei Henriette etwas nicht ganz so glatt läuft, dann muss Hugo – das Bügeleisen – alles wieder ausbügeln. Beim Bügeln hat Henriette stets ein Brett vor dem Kopf.

Da Henriette so klein ist, ist ihre Wohnung beschränkt beschrankt. In den Schränken befinden sich Klamotten, Geschirr und typische Haushaltswaren. Und wie es sich für eine vernünftige Frau gehört, hat Henriette auch einen Schuhschrank. Dieser Schrank trägt den Namen Schuhbert, kann jedoch mit Herdinand nicht im Geringsten mithalten. Herdinand ist und bleibt Henriettes absoluter Liebling. Sie geht sogar so weit, dass sie jedes Jahr Herdinands Geburtstag feiert. Na, dann: »Herdlichen Glückwunsch!«

Was Frauen wirklich bewegt

Frauen haben es im Leben nicht immer leicht: Eine Schwangerschaft tut weh, in einigen Ländern müssen Frauen um ihre Rechte kämpfen – und diesen Kampf verlieren sie manchmal. Aber die Frauenrechte sind ein Thema für sich.

Auch benachteiligt sehe ich die Frauen, wenn sie heiraten. In der Regel ist der Mann dann der Herr im Hause – klar, denn sie ist ja eine Frau –, und während er zu Hause das Sagen hat, muss sie sich daran gewöhnen, nun einen anderen Nachnamen zu tragen. Nämlich den ihres Mannes.

Nun stelle man sich mal eine ganz berühmte Frau vor, die es in der Promiwelt weit gebracht hat. Zum Beispiel Verona Feldbusch, die nun schon seit einigen Jahren Verona Pooth heißt. In einem solchen Fall muss sich jeder Fan an einen neuen Nachnamen gewöhnen.

Probleme infolge einer Änderung des Nachnamens treten aber nicht nur bei Prominenten auf. Jede Frau, die nach der Heirat einen anderen Nachnamen trägt, muss sich um eine Menge Papierkram kümmern – nebenbei hat sie vielleicht nicht nur einen Kinderwunsch, sondern trägt das Kind auch noch aus. Führerschein, Personalausweis und anderes mehr müssen neu beantragt werden, die Arbeitskollegen müssen darauf hingewiesen werden, dass man nun einen anderen

Nachnamen hat, das Schild an der Bürotür sollte auch zeitnah gewechselt werden und die Frau muss außerdem an einer neuen Unterschrift feilen. Welch ein Stress.

Eventuell hat sie es schwer, an der einen oder anderen Stelle nachzuweisen, dass sie eine geborene Frau Schröder, geschiedene Frau Müller, aktuelle Frau Maier ist und voraussichtlich ab Sommer nächsten Jahres Frau Winter heißt. So viele Identitäten und doch nur eine einzige Person. Das muss man erst einmal verkraften.

Zudem muss eine Frau so manches wegstecken. Dasselbe Muster kommt immer wieder vor: Der Nachwuchs ist nun endlich da, aber dafür ist der Mann weg, weil er sie sitzen gelassen hat und nebenbei keinen Cent Unterhalt mehr bezahlt.

Frauen, die öfters ihren Namen wechseln, bekommen eventuell dadurch Probleme bei der Schufa. Denn es gibt an sich schon viele Frauen mit dem Namen Müller, Maier oder auch Schmidt und ab und zu kommt eine weitere hinzu. Das kann eine Frau bei der Schufa in Schwierigkeiten bringen, indem z. B. die falsche Frau Maier für zahlungsunfähig erklärt wird. Da soll ein ganz normaler Sachbearbeiter von der Schufa mal durchblicken.

Einen Vorteil für die Frauen sehe ich dagegen bei den Bundesjugendspielen. Dort werfen die Mädchen beim Weitwurf mit leichteren Bällen. Als Mann muss ich sagen, dass es mir lieber ist, schwerere Bälle zu werfen und dafür keine Schwangerschaft durchleben zu müssen. Wenn eine Frau entscheiden muss, ob sie lieber Zahnschmerzen hat oder eine Schwangerschaft durchleben möchte, dann hat sie an dieser Stelle wahrscheinlich die Wahl zwischen Pest und Cholera.

Klaus Stibitzki und die Vorurteile

Ich möchte heute von einem Mann berichten, der es im Leben nicht immer leicht hat. Er muss ständig gegen Vorurteile ankämpfen. Es handelt sich um Klaus Stibitzki, einem Deutschen mit polnischen Wurzeln. Ihm wird oft vorgeworfen, dass er Gegenstände mitgehen lässt. Auf Menschen, die ihm mit diesem Vorurteil begegnen, trifft er sehr oft. Aber irgendwie passt Stibitzki ins Vorurteilsraster – Elstern sind seine Lieblingsvögel, ja selbst für seine Steuererklärung benutzt er das Elster-Portal. Zudem ist sein Lieblingsberuf Clown. Aber lange macht er diesen Zirkus nicht mehr mit. Sein Chef sagte einmal zu ihm, dass er es nicht mehr verantworten könne, dass Klaus Stibitzki seinen Zirkuskollegen ein ums andere Mal die Show stiehlt. Klaus wusste nicht, ob der Chef das ernst meinte oder ob er sich lediglich aufgrund des Vorurteils gegenüber Polen und des Wortspiels über Stibitzki so abfällig geäußert hatte. Klaus hat es nun wirklich nicht leicht. Dass seine Frau auch noch Claudia heißt und sein persönliches Lieblingslied »Alles nur geklaut« von den »Prinzen« ist, betrachtet Klaus Stibitzki dagegen als einen absoluten Zufall. Seine Frau hat ihn ganz schön im Griff. Er befindet sich also genau genommen in den Klauen seiner Frau. Seine Freunde stehen ihm schon mit Rat und Tat zur Seite – er solle nicht alles mit sich machen lassen, meinen sie. Wenn das nämlich so weitergehen sollte, dann sehen seine Freunde schwarz für ihn. Das kümmert Klaus jedoch nicht wirklich. Das Leben schreibt die ungewöhnlichsten Geschichten – oftmals wird es ihm sogar zu bunt. Daher hat Klaus entschieden, ein mehr oder weniger eintöniges Leben zu führen.

Das Paradebeispiel

Während eines Fußball-Testländerspiels zwischen Ungarn und der Schweiz unterhalten sich zwei TV-Experten über den Ausgang des Spiels und nehmen dabei auch die eine oder andere Spielsituation genauer unter die Lupe.

Simon: »Liebe Zuschauer – das Fußball-Länderspiel Ungarn gegen die Schweiz ist 3:4 ausgegangen. Ein wahrhaft TOR-bulentes Spiel. Ungarn hat gegen die Schweiz nur knapp das Nachsehen. Das hören die Ungarn ungern – aber da muss für die Zukunft mehr kommen. Was meinst du, Werner?«

Werner: »Ja, ganz schlecht waren die Ungarn heute nicht. In den letzten Spielen fehlte ihnen aber oftmals das letzte Quäntchen Glück. Auch ihr Superstar hatte in letzter Zeit eine enorme Torflaute. Man muss allerdings auch sagen, dass er schon seit Längerem tatsächlich mehr damit beschäftigt war, sich auf dem Platz lieber die Schuhe zu binden, anstatt anständig Fußball zu spielen.«

Simon: »Gegen Spanien ist der Knoten geplatzt, wenn ich mich recht erinnere!«

Werner: »Seitdem läuft es auch besser bei ihm. Heute war ein echter Glückstag für ihn – er hat immerhin alle drei Tore für Ungarn erzielt.«

Simon: »Aber wieder ist nichts Zählbares dabei herausgekommen. Hinten steht die Null – das war zumindest das Ziel der Ungarn. Dabei können sie wohl froh sein, dass sie nicht zweistellig verloren haben.«

Werner: »Du hast recht, Simon. Chancen gab es hüben wie drüben. Wir schauen uns nun einmal eine Szene aus der 39. Spielminute an. Ein Paradebeispiel für die Schweiz.«

Simon: »Da hat der Schweizer Torhüter ein goldenes Händchen bewiesen und bewahrte seine Mannschaft vor einem erneuten Rückstand. Eine unglaublich tolle Parade des Schlussmannes. Dabei war der Rasen nicht gerade im schönsten Zustand. Was sagst du dazu, Werner?«

Werner: »Das ist richtig. Der Rasen ist am Rande der Unbespielbarkeit. Zu allem Überfluss begann es in der Halbzeitpause auch noch stark zu regnen. Die Stadionverantwortlichen müssen sich Vorwürfe gefallen lassen. Sie ließen viele Fans einfach im Regen stehen. Ich finde, hier muss einiges noch einmal neu überdacht werden.«

Simon: »Wahre Worte. Im Vorfeld dieses Spiels trieb das Wetter den Zuschauern noch die Schweiz-Perlen auf die Stirn.«

Werner: »Stichwort ›Schweiz‹ – das nächste Spiel führt die Schweizer gen Italien. Dort steht das erste Gruppenspiel gegen die Italiener für die bevorstehende Weltmeisterschaft an.«

Simon: »Das wird hoffentlich mindestens genauso spannend. Und auch jenseits des Platzes sorgen Turniere immer wieder für teilweise heiteren Gesprächsstoff. So hatte sich eine Schweizer Spielerfrau während des ganzen letzten großen Turniers nicht die Fingernägel geschnitten. Diese Aufgabe übernimmt ihr Mann für sie. Er ist schließlich ein echter Knipser.«

Werner: »Es lag nicht zuletzt auch an ihm, dass die Schweiz heute wieder einmal gut aussah. In der Verteidigung muss die Schweiz allerdings noch besser werden.«

Simon: »Jetzt will der Schweizer Trainer einen Fußballer nominieren, der ausgebildeter Jurist ist. Von ihm verspricht sich der Trainer eine ganze Menge. Er ist somit auch ein gelernter Rechtsverteidiger.«

Werner: »Ein schönes Wortspiel!«

Der eingefleischte Vegetarier

Timo ist ein ganz gewöhnlicher Mensch. Er ist nicht zu dick, aber auch nicht zu dünn. Er hat eine gut gebaute Statur und ist mit Leib und Seele Elektriker. Er bringt manchmal Sachen fertig, die eigentlich gar nicht gehen, aber auch für seine Wortgewandtheit ist er bekannt.

Eines Tages war er bei seinen Verwandten zum Essen eingeladen. Es wurde gegrillt. Als Timo ankam, machte er ein schmerzverzerrtes Gesicht. »Was ist denn los?«, fragte ihn seine Tante Emma. »Ich habe seit gestern einen Splitter im Fuß. Ich bin auf Glasnudeln ausgerutscht«, antwortete Timo. »Das ist natürlich schmerzhaft«, pflichtete ihm Tante Emma bei.

»Na, dann stärke dich doch erst einmal mit einem Steak!«, gab ihm Tante Emma die Erlaubnis, das Buffet zu eröffnen. Doch mit dem, was jetzt kam, hatte keiner in dieser Runde gerechnet.

»Ich bin eingefleischter Vegetarier!«, sagte Timo und versetzte die Anwesenden in ungläubiges Staunen. Manch einer tat so, als stünde der Weltuntergang unmittelbar bevor, andere hatten mit den Tränen zu kämpfen und der dritten Gattung Mensch verschlug es regelrecht die Sprache. Alle fragten sich an dieser Stelle: »Wie kann man nur so konsequent sein?«, und die Analytiker unter den Grillfestbesuchern fragten sich außerdem noch, wer so ungeschickt sein kann, auf Glasnudeln auszurutschen und sich dabei einen Splitter in den Fuß zu rammen. »Ausgerechnet Timo!«, gab Achim, seines Zeichens Mathematiker, zur Antwort.

Timo wunderte sich über die Betroffenheit seiner Verwandtschaft. Er sagte: »Am liebsten würde ich jetzt wieder nach Hause fahren.« Als er diesen Wunsch äußerte, fragte ihn ein Besucher: »Warum fährst du dann nicht nach Hause?« Timo sagte: »Ich habe weder Auto noch Führerschein – ich lasse lieber einen fahren.«

Da kam Timos Schwester im Auto um die Ecke gerast. Am Steuer saß ihre neue Flamme – also ihr neuer Freund Ingo, demnach ein Flamingo, nämlich die männliche Form von »Flamme«. Timo war perplex. Der Freund lachte herzhaft, als er aus dem Auto stieg. Timo fragte Ingo nach dem Grund seines schallenden Gelächters. »Deine Schwester hat mir gerade erzählt, dass du eines Tages im Restaurant einen großen Kabelsalat bestellt hast. Findest du nicht, dass du es mit deiner Liebe zur Elektrobranche ein bisschen zu ernst nimmst?«

Doch Timo konnte sich einen abwertenden Kommentar verkneifen und diesem Angriff standhalten. Timo ist ein sehr mutiger Kämpfer. Aber er hat nicht gerade die besten Zähne – ihn quälen schon seit längerem Zahnfleischprobleme. Sein Zahnarzt hat ihm schon einige längere Zahnarztsitzungen angekündigt.

Mag Timo auch Vegetarier sein, so hat er schon des Öfteren Sitzfleisch bewiesen. Er ist nämlich sehr ausdauernd, und für diese Eigenschaft wird er bei seinen Freunden und Verwandten sehr geschätzt.

Vom Wählscheibentelefon oder wenn es schneller gehen muss

Wer das Wählscheibentelefon noch kennt, weiß sicher auch um die Nachteile, die es mit sich bringt, und dürfte ebenso froh sein, dass es heute das weitverbreitete Tastentelefon gibt. Doch es gab eine Zeit, da war das Wählscheibentelefon sehr modern. Man kannte nichts anderes. Aber wie kam es eigentlich zur Erfindung des Tastentelefons? Und warum hat sich dieses im Wettbewerb mit dem Wählscheibentelefon durchgesetzt? Das kann man nur nachvollziehen, wenn man die Nachteile, die ein Telefon mit Wählscheibe hat, einmal genauer unter die Lupe nimmt.

Ärgerlich – wenn auch vergleichsweise harmlos – ist der Nachteil, den ich als Benutzer eines Wählscheibentelefons bei der Teilnahme an einem telefonischen Gewinnspiel habe, bei dem es vor allem um Schnelligkeit geht. Ehe ich die komplette Nummer gewählt habe, ist irgendein vollmoderner Tastentelefonierer schon längst am Zug und trifft dementsprechend die richtige Leitung zum richtigen Zeitpunkt. Meine Telefongebühren darf ich trotzdem bezahlen. Und die waren schon immer gigantisch.

Hektisch und gefährlich wird es, wenn ich mit einem Wählscheibentelefon die Polizei rufen muss. Stellen wir uns einfach mal vor, ich bekomme ungebetenen Besuch. Zwei Männer mit schwarzen Masken stehen bewaffnet vor mir, nachdem sie erfolgreich in meine Wohnung eingebrochen sind, und wollen mein Geld. Ich greife schnell zu meinem Telefon mit Wählscheibe und beginne zu wählen. Ich wähle also den Notruf 110. Bei der Null muss die Wählscheibe bekanntlich den weitesten Weg zurücklegen – Telefonisten von damals kennen dieses Problem. Während ich die Null wähle, kann ich allerdings versuchen, die Einbrecher zu überreden, von ihrem Vorhaben abzusehen und mich wieder in mein normales Leben zurückzulassen. Sollte dieser Versuch kläglich scheitern, so habe ich binnen kürzester Zeit eine polizeiliche Fachkraft am Telefon. Dabei sollte ich nicht nur sagen: »Ich bin Peter Müller und werde überfallen!« Ich sollte schon in der Lage sein, eindeutige Angaben über meinen Wohnort, meinen kompletten Namen und den Grund meines Anrufes zu machen.

Aber zurück zur Null, die beim Polizeiruf leider gewählt werden muss. Beim Wählen der Null dreht sich die Wählscheibe fast komplett um die eigene Achse, das Wählen der Null dauert also am längsten. Vielleicht war das damals – zu Zeiten des Wählscheibentelefons – aber auch so gewollt, weil man womöglich davon ausging, dass die Zeit, die die Wählscheibe benötigt, um wieder in die Ausgangsposition zu kommen, ausreichen kann, um die Übeltäter von ihrem Vorhaben abzubringen. Dies würde ein Erscheinen der Polizei an dieser Stelle überflüssig machen. Hier wäre also die Überredungskunst des jeweiligen Opfers gefragt. Vielleicht sollte an dieser Stelle auch mehr Geld in die Polizistenausbildung gesteckt werden. Möglicherweise sind die Polizisten nicht ausreichend ausgebildet. Es scheint nämlich so, als würden sich die Polizisten eher auf die Überredungskünste des Opfers als auf die eigenen Fähigkeiten verlassen. Hier besteht Handlungsbedarf.

Die Erfahrung zeigte jedoch, dass die vergehende Zeit beim Wählen der Null in den überwiegenden Fällen nicht ausreichend war, um ein Verbrechen auf eigene Faust zu lösen. So dachte man sich wohl: »Das muss schneller gehen!« Daher feilten ausgefuchste Entwickler – womöglich aus Polizistenkreisen – an der bis dato in weiten Teilen des Landes noch recht unbekannten Erfindung des Tastentelefons. Hier liegt die Null von der Eins zwar auch recht weit entfernt, jedoch gibt es keine Wählscheibe, die – je nach gewählter Nummer – einen mehr oder weniger weiten Weg zurücklegen muss.

Beim Benutzen eines Telefons mit Wählscheibe hätte man allerdings auch in den USA Schwierigkeiten, denn dort ist die Polizei unter der 911 erreichbar. Hier setzte man zu Zeiten des Wählscheibentelefons wohl auch zuerst auf die Überredungskunst des Opfers – erst, wenn das nicht gefruchtet hat, durfte man weiter wählen.

Wenn ein Feuer ausbricht, sieht die ganze Geschichte schon wieder anders aus. Da muss es sehr schnell gehen – und das Wählen der Nummer 112 dauert beim

Wählscheibentelefon nicht lange. Warum es hier zügiger gehen muss, leuchtet unmittelbar ein, denn das Feuer kann man nicht überreden. Es verbrennt einfach alles, was im Weg steht. Hier sind sehr gut ausgebildete Feuerwehrleute gefragt. Menschen, die schon als Kind gerne mit dem Feuer gespielt haben, Menschen, die aufblühten, wenn es anderen zu heiß wurde.

Da der Fortschritt heutzutage vor kaum etwas Halt macht, musste natürlich auch an der Telekommunikation etwas verändert werden. Mit dem Tastentelefon hat man sich wirklich etwas Sinnvolles ausgedacht. Und genau genommen ist es nach dieser Betrachtungsweise sogar lebensrettend. Ein Hoch auf das Tastentelefon!

Messer, Gabel, Schere, Licht

Messer, Gabel, Schere, Licht
ist für kleine Kinder nicht.
Ist das Kind noch nicht erwachsen,
macht es damit viele Faxen.

Spielt es mit dem Gabelein,
sticht es sich ins Fleisch hinein.
Sticht es sich danach ins Herz,
träumt's sich Richtung himmelwärts.

Greift es sich erst eine Schere,
kommt dem Kind nichts in die Quere.
Landet's hiermit einen Stich,
sind die Eltern außer sich.

Hand aufs Herz und mal ganz ehrlich:
Für Kinder ist das sehr gefährlich.
Kaum zu glauben, was geschieht,
wenn das Kindlein niemand sieht.

Will es sich als Arzt versuchen,
kann's hier und da Erfolg verbuchen.
Schneidet es mit Schnipp und Schnapp
des Patienten Beine ab.

Ungeahnt, da ganz verkehrt,
weil sich der Patient beschwert.
Hat er doch was an den Händen,
darf die OP so nicht enden.

Wird das Kind Elektriker,
ist das Leben auch sehr schwer.
Es spielt mit Licht – und nicht mit Feuer,
doch wird der Schaden trotzdem teuer.

Lähmt ein Stromschlag sein Gebein,
muss das schmerzhaft für es sein.
Läuft es erst ins offene Messer,
wird es damit auch nicht besser.

Aus Messer, Gabel und auch Schere
ziehen wir nun eine Lehre:
Spielt das Kind mit diesen Sachen,
kann es damit Unfug machen.

Die Moral von dem Gedicht:
Messer, Gabel, Schere, Licht
ist für kleine Kinder nicht!
Es bleibt dabei – aus gutem Grund.
Am besten bleibt das Kind gesund.

Serienhelden und ihre Besonderheiten

David Hasselhoff wurde einst als Serienstar bei »Baywatch« gefeiert. Viele Damen sind dem Mann, der in seiner Rolle als Rettungsschwimmer und Frauenschwarm zu Frauen schwamm, noch immer verfallen. Beachtet man, wie oft David Hasselhoff unbegabte Schwimmer aus dem Wasser zog, leuchtet ein, dass Hasselhoff in dieser Funktion eine tragende Rolle spielte.

Richtig hart im Nehmen ist allerdings Spiderman. Oder ist er doch nur ein Weichei? Experten vermuten bei ihm dauerhafte Zahnschmerzen – so oft, wie er die Wände hochgeht. Spiderman ist ein ausgesprochener Experte in den wirklich wichtigen Dingen des Alltags und gibt gerne Schulungen, wie man sich in der heutigen Zeit sicher im Netz bewegt.

Der Mensch besteht bis zu 80 Prozent aus Wasser. Der Wasseranteil verringert sich im Laufe der Jahre. So hat ein etwas älterer Mensch, der so um die 85 Jahre alt ist, nur noch ungefähr bis zu 50 Prozent Wasseranteil. Spongebob ist ein Schwamm. Und so redegewandt er auch sein mag, er hat einen großen Nachteil: Er kann sich nicht richtig ausdrücken.

Bart Simpson ist eine sehr beliebte Comicfigur: Frech wie Oskar, macht sich oft zum Horst, schiebt seinen Mitstreitern gerne den schwarzen Peter zu und ist dabei alles andere als dumm wie Brot.

Zum Schluss noch ein Wort zu Micaela Schäfer. Sie ist zwar kein Serienstar, dafür aber ein Nacktmodel. Ihren Bekanntheitsgrad hat sie durch ihre einstige Teilnahme am Dschungelcamp erlangt. Ihr ständiger Drang zur Nacktheit stieß bei einigen Zuschauern böse auf. Doch wahrscheinlich muss man sie als Nacktmodel akzeptieren. Denn eines ist wohl offensichtlich. Micaela Schäfer hat wohl keine große Anziehungskraft.

Aktualität auf dem Prüfstand

Wer die Tageszeitung liest, der will sich über das aktuelle Geschehen informieren. Es gibt jedoch auch den Spruch: »Nichts ist so inaktuell wie die Zeitung von gestern.« Wer dagegen in die Zeitung von vorgestern schaut, der wird schnell eines Besseren belehrt.

Es gibt aber auch Presseerzeugnisse, die das ganze Jahr über nichts an Aktualität einbüßen, und andere, die nur innerhalb einer bestimmten Zeit im Jahr aktuell sind. Was meine ich damit? Ich will es erklären.

Nehmen wir einmal an, in einem Buch steht: »Das Kind kommt dieses Jahr in die Schule.« Das ist ein Satz, den man in einem Buch durchaus lesen kann. Die Einschulung ist im Regelfall im August oder im September. Liest der Leser des Buches diesen Satz vor der Einschulungszeit – etwa im Februar –, so stimmt dieser Satz sowohl chronologisch als auch inhaltlich für ihn. Denn wenn der Leser diesen Satz im Februar liest, so wird das Kind, um das es sich in diesem Buch handelt, ein knappes halbes Jahr später eingeschult. Liest er diesen bestimmten Satz allerdings erst im November, dann ist er inaktuell, weil die Einschulung in diesem noch laufenden Jahr schon vorbei ist.

Jeder Autor eines Buches macht sich im Vorfeld Gedanken darüber, was in seinem Buch stehen soll. Ich gehe einfach mal davon aus, dass ebenfalls jeder Autor darum bemüht ist, den Inhalt des eigenen Buches so aktuell wie möglich – nach Möglichkeit sogar auf Dauer – zu halten. Daher empfehle ich jedem Autor, der auf Aktualität bedacht ist, den oben genannten Satz folgendermaßen zu schreiben: »Das Kind kommt nächstes Jahr in die Schule.« Diesen Satz kann ich lesen, wann immer ich will, und er ist immer aktuell. Lese ich ihn am 1. Januar 2018, so kommt das Kind eben erst im Jahr 2019 in die Schule. Dieser Satz büßt selbst, wenn er am 30. November gelesen wird, nichts an Aktualität ein. Auch am 31. Dezember hat er noch Gültigkeit, weil zu diesem Zeitpunkt das nächste Jahr noch nicht begonnen hat. Und selbst, wenn ich diesen Satz am 1. Januar 2019 um 00:05 Uhr lesen sollte, dann kommt das Kind eben erst im Jahr 2020 in die Schule.

Wenn es mir auf eine dauernde Aktualität meiner geschriebenen Sätze ankommt, ist auch die Erwähnung noch lebender Personen in Kombination mit ihrem gegenwärtigen Wirken heikel. Wenn ich schreibe: »Dieter Bohlen sitzt in der Jury von ›Deutschland sucht den Superstar‹ und vom ›Supertalent‹«, dann hat dieser Satz nur für bestimmte Zeit Gültigkeit. Er ist veraltet, wenn »Das Supertalent« oder auch »Deutschland sucht den Superstar« eingestellt wird (als möglichen Grund nenne ich hier einfach mal sinkende Quoten), oder wenn Dieter Bohlen stirbt – spätestens dann heißt es nicht mehr: »Dieter Bohlen sitzt in der Jury vom ›Supertalent‹«, sondern: »Für eine gewisse Zeit seines Lebens saß Dieter Bohlen in der Jury vom ›Supertalent‹.«

Wir merken also, wie wichtig es ist, auf Aktualität zu achten, und wie schnell sie verflogen sein kann. Geschmacklos wäre es dagegen schon, wenn ein Autor von einer noch lebenden Person bereits in der Vergangenheitsform schreiben würde – etwa, um sein Buch mit dem Lauf der Zeit aktueller zu machen, je älter es wird. Das ließe den Schluss zu, dass der Schriftsteller mit einem baldigen Ableben der betreffenden Person rechnen würde. Wer also beim Thema Aktualität absolut auf Nummer sicher gehen möchte, der sollte über Personen schreiben, die bereits verstorben sind. Dafür kann er auch die gerne genutzte Vergangenheitsform verwenden. Doch auch, wenn der Autor über zukünftige Projekte eines noch lebenden Weltstars berichten möchte, so ist nicht gesagt, dass der Weltstar dieses für ihn bevorstehende Ereignis tatsächlich noch erlebt.

Fast unmöglich ist die Wahrung der Aktualität aber bei Tonbandaufnahmen, wenn zum Beispiel ein Gottesdienst auf CD aufgenommen wird und der Pastor zu Beginn seiner Predigt sagt: »Ich begrüße euch am heutigen Sonntag.« Besorge ich mir diese Aufnahme einen Tag später, um den Gottesdienst zu hören, ist der Satz »Ich begrüße euch am heutigen Sonntag« nicht mehr aktuell. Da ich mir diese Aufnahme einen Tag später anhöre, begrüßt er mich nicht mehr am Sonntag, sondern streng genommen erst am Montag. Dieser Satz hat also nur für den entsprechenden Live-Moment bis zum Ablauf des Tages, an dem die Aufnahme stattfand, seine uneingeschränkte Gültigkeit. Ich könnte zwar die Predigt auch am darauffolgenden Sonntag hören, jedoch bezieht sich der Gruß des Pastors »Ich begrüße euch am heutigen Sonntag« lediglich auf den Sonntag, an dem er diese Predigt gehalten hat. Aber wenn wir es ein wenig liberaler zugehen lassen wollen, könnten wir einfach mal festhalten, dass auch der Zuhörer an dieser Stelle nicht päpstlicher als der Papst sein sollte.

Ich bin mir im Klaren darüber, dass Teile dieses Textes auch im Laufe der Jahre inaktuell werden können. Daher bediene ich mich eines Satzes, der einer salvatorischen Klausel gleichkommt: »Sollten Teile dieses Textes im Laufe der Jahre an Aktualität einbüßen, so betrachten Sie diese Textpassagen bitte als gegenstandslos!«

Hier spielt die Musik

In einem Orchester spielen viele Menschen mit unterschiedlichen Instrumenten. Die einzelnen Instrumente machen im Zusammenspiel das große Ganze aus. Jedes Instrument ist für sich genommen wichtig – und somit auch jeder Orchestermusiker. Schauen wir uns ein solches Orchester und seine Musiker mal genauer an.

Da wäre zum einen Annette – sie spielt Blockflöte. Dieses Instrument beherrscht sie wie kaum eine andere. Manchmal pfeift sie sogar aus dem letzten Loch. Annette ist mit Henning, dem Schlagzeuger des Orchesters, verheiratet. An ihm liebt sie besonders seine Schlagfertigkeit.

Paul ist der Gitarrist in diesem Orchester – er wird aufgrund seiner besonders netten Art von allen sehr geschätzt. Manchmal zieht er aber auch andere Saiten auf, wenn ihm beim Konzert welche reißen.

Elisabeth spielte schon immer Cello. Sie ist von diesem Instrument so angetan, dass sie sogar an Cellolitis leidet – also einer Art Sucht, Cello spielen zu müssen.

Im Grunde genommen verstehen sich alle Mitglieder dieses Orchesters sehr gut untereinander. Trotzdem bleibt es nicht aus, dass es hin und wieder einen Streit zwischen den Musikern zu klären gilt.

Henning war eines Tages mit der musikalischen Leistung von Helga und Maria nicht ganz einverstanden. Die beiden Schwestern haben ihm dann jedoch erst mal ihre Meinung gegeigt. Unterstützung erhielten sie von Josef mit der Trompete. Er hat Henning an dieser Stelle den Marsch geblasen. Als Henning dann mit seinem Instrument einstieg, wurde das Orchester mit einem Schlag berühmt. Mit diesem Protest-Song tourte das Orchester durch ganz Europa und erlangte weltweit Ruhm und Anerkennung.

Der Wettkampf

Manni hat sich auf die Ausrichtung von Festlichkeiten jeglicher Art spezialisiert. Bei den Manni-Festen werden verschiedene Wettkämpfe ausgetragen. Diesmal treten Manni und Mark gegeneinander an.

Der erste Wettkampf ist immer besonders beliebt und auch Manni nimmt gerne daran teil, es handelt sich um das Wettessen. Mark ist ein ebenfalls richtig guter Wettesser. Die Aufgabenstellung heißt: Wer isst die meisten Tomaten in der vorgeschriebenen Zeit? Schon ertönt die Startglocke und die beiden hauen richtig rein. Doch am Ende kann es nur einen Sieger geben: Diesen Wettkampf gewinnt Mark.

Kaum gewonnen, geht es schon zum nächsten Wettkampf, den Manni und Mark zu bestreiten haben. Dieses Mal geht es darum, ein Gedicht zu schreiben. Mark dichtet, was das Zeug hält – doch er verliert den Sieg an Manni. Die Jury entdeckte in Marks Gedicht einige Ungereimtheiten. So kann man natürlich keinen Gedichtwettbewerb gewinnen. Vielleicht klappt es jedoch beim nächsten Wettkampf.

Die Aufgabenstellung lautet nun, auf der Eisfläche des angrenzenden Sees zu spazieren und nicht einzubrechen. Bei diesem Wettkampf hat Manni das Nachsehen. Er ist von Natur aus mit massigem Gewicht gesegnet. Er leidet schon seit Längerem unter dem sogenannten Jojo-Effekt. So gewinnt er nicht nur so manchen Wettkampf, sondern auch gelegentlich einige Kilos hinzu. Manni fällt es zunehmend schwer, sich auf der Eisfläche aufrecht zu halten. Doch Mark fühlt sich siegessicher. Diese Überheblichkeit kostet ihm schließlich den Sieg, sodass dieser auch hier an Manni geht.

Die nächste Herausforderung besteht darin, ein Abendessen für die Mitglieder eines Kirchenchores zu veranstalten. Da Manni gerne und sehr ausgiebig essen kann, ist das für ihn ein gefundenes Fressen, kommt er doch als gelernter Koch ursprünglich aus der Gastronomie-Branche. Er will alles für das anstehende Chordinner geben. Bei dieser Aufgabe müssen Manni und Mark sogar teilweise zusammenarbeiten. Denn an dieser Stelle ist die Aufgabenstellung ganz klar: Es ist das gemeinsame Ziel, ein bevorstehendes »Chordinnieren« zu koordinieren.

Den Gesamtsieg holt sich am Ende des Tages allerdings Manni. Als die Siegerehrung ansteht, führt der Moderator dieses Wettkampftages ein Interview mit beiden. Er beginnt mit den Worten: »Bevor ich unseren diesjährigen Gesamtsieger Manni küre, muss ich noch etwas zu unserem zweitplatzierten Teilnehmer Mark sagen.« Der Moderator fährt fort: »Auch wenn Mark nur einen Wettkampf für sich entscheiden konnte, so muss man wissen, dass Mark keine Tomaten mag und dennoch sehr viele gegessen hat. Respekt gilt an dieser Stelle unserem Tomaten-Mark!«

Der Kindergeburtstag

Zu seinem siebten Geburtstag hatte Max seine Freunde eingeladen. Insgesamt waren 17 Kinder gekommen, die bespaßt werden wollten. Die Eltern hatten sich im Vorfeld eine ganze Menge Gedanken gemacht, wie sie für ihren Max eine tolle Feier ausrichten können. Alle Beteiligten waren sich jedoch darüber einig, dass der Kindergeburtstag nicht allzu lange dauern sollte. Schließlich müssen die Kinder früh ins Bett.

Zu einem richtigen Kindergeburtstag gehören natürlich immer Spiele. Diese sollten an diesem Tag so kurz wie möglich gehalten werden.

Das erste Spiel war »Reise nach Jerusalem«, das manchmal sehr lange dauern kann. Es wurde jedoch in der abgespeckten Version gespielt: Es waren 17 Kinder und ein einziger Stuhl. Als die Musik ausging, setzte sich ein Kind auf den Stuhl und jubelte, alle anderen Kinder waren sofort ausgeschieden und hatten verloren. Auf diese Weise stand der Gewinner bereits nach wenigen Sekunden fest und man hatte sehr viel Zeit gespart.

Das nächste Spiel war das beliebte Schokoladenessen, das gewöhnlich folgendermaßen geht: Wer eine Sechs würfelt, darf Klamotten anziehen und Schokolade essen, bis der Nächste eine Sechs gewürfelt hat. Nicht so in der kurzen Variante. Hier darf jedes

Kind so viele Schokoladenstücke essen, wie es Augen gewürfelt hat. Die Eltern von Max konnten auch hier eine Menge Zeit einsparen: Die Schokolade war nach dem dritten Wurf aufgegessen und das Spiel an dieser Stelle auch schon wieder vorbei.

Jetzt stand Dosenwerfen auf dem Programm. Insgesamt waren 21 Dosen umzuwerfen. Die Regel lautete: Dosen, die umgefallen sind, werden gar nicht mehr aufgestellt; jedes Kind – zumindest jedes, das eine reelle Chance hat, dranzukommen – wirft einmal. Dieses Spiel war nach sieben Würfen bereits beendet.

Langsam kippte die Stimmung, was vor allem an Justin lag. Er war bei diesen Spielen noch kein einziges Mal drangekommen. Die Eltern von Max merkten, dass allgemein die Laune schlechter wurde, und entschieden, dass das nächste Spiel durchaus etwas länger dauern darf.

Nun war der Querulant Justin an der Reihe. Er durfte sich am berühmten Topfschlagen ausprobieren. Was Justin nicht wusste: Der Topf wurde immer wieder umgestellt, sodass es eine Zeitlang gedauert hat, bis er den Topf gefunden hatte. Denn irgendwann hatten die Zuschauer ein Einsehen mit dem armen Justin.

Als dieser aber merkte, dass man ihm einen Streich gespielt hatte, war er wieder sehr angefressen. Um ihm nicht direkt sagen zu müssen, dass er nervt, hat man sich für den diplomatischen Weg entschieden. Er durfte nun auch das nächste Spiel bestreiten. Es hieß »Blinde Kuh«. Justin bekam eine Augenbinde umgebunden und wurde anfangs so lange gedreht, dass er nicht mehr wusste, wo er gerade war. Nun durfte der orientierungslose achtjährige seine eingeschlagene Richtung gehen – dieser Weg führte direkt nach draußen in die Kälte. Justin war nun für absehbare Zeit beschäftigt, den Rückweg zu finden, und die Geburtstagsgäste feierten fröhlich weiter, bis auch der Rest nach Hause gehen musste.

Alles in allem waren die Eltern von Max sehr zufrieden, da sie die Kinder die ganze Zeit über sinnvoll beschäftigt hatten und auch zwischenmenschliche Konflikte diplomatisch lösen konnten. Und eine Sache steht jetzt schon fest: Justin kommt so schnell nicht wieder.

Der Handwerkertag

Neulich war ich auf einem Handwerkertag, die Einladung dazu kam von meinem Chef. Ich sollte mir dort alles ganz genau anschauen und überlegen, wie sich unsere Firma in Zukunft aufstellen kann.

Auf diesem Handwerkertag waren Handwerker verschiedenster Gewerke vertreten. Ich freute mich schon sehr auf die Gespräche mit den Kollegen anderer Branchen. Jedoch kam ich leider etwas verspätet an. Ich musste an diesem Tag wirklich an jeder Ampel besonders lange warten und fast schien es mir, als wäre ich ins Rotlichtmilieu geraten.

Als ich ankam, sah ich auch schon meinen Chef. Er schüttelte mir sofort die Hand. Für einen Elektriker ein klarer Fall von Wackelkontakt. Trotzdem stand er unter Strom.

Ich kam jedoch gerade richtig zum Vortrag eines Handwerkers aus dem Bereich Sanitär. Er wurde von einem Chinesen namens Hei Zung gehalten. Dieser berichtete über die Fortschritte bezüglich der Erforschung des Handwerks in China. Ich verstand nur Bahnhof.

Beim darauffolgenden Beitrag brauchte ich dagegen beinahe Ohrenstöpsel. Akustisch gut hörbar war der Vortrag eines Schreiners. Er meinte, dass er vor seiner Zeit als Tischler ein angesehener Psychologe war.

Eigentlich eine ganz andere Berufsgruppe. Aber eine Sache habe sich nicht verändert: Er musste damals wie heute tief bohren. Bei seinen Kollegen habe er schon seit Längerem einen Stein im Brett, sei er sich doch bei Feierlichkeiten jeglicher Art für das Tische- und Stühlerücken nicht zu schade.

Bei diesem Handwerkertag folgte ein Redebeitrag dem nächsten. Nun war Heinrich – ein Schlosser – an der Reihe. Jetzt war Schloss mit lustig. Heinrich zeigte eine durchaus interessante Statistik über die vergangenen Wintereinbrüche und berichtete, dass vor drei Jahren Anfang November bereits der erste Schnee lag. Mit dieser Statistik hatte an dieser Stelle niemand gerechnet. Aber ein Handwerkertag ist eben immer für Überraschungen gut.

Jeder Redebeitrag war für sich genommen von langer Dauer. Deshalb musste die Abschlussrede unbedingt von einem Elektriker gehalten werden. Er sorgte für einen Kurzschluss!

Nachwort

Es war mir ein Vergnügen, dieses Buch zu schreiben. Es hat ein bisschen gedauert, bis ich es für fertig erklärt habe – immer mit dem Gedanken, dass mir vielleicht noch der eine oder andere gute Text einfallen könnte. Aber wenn ich davon ausgehen würde, dass mir die Geschichten nie ausgehen werden, dann käme ich nie zum Ziel.

Was wäre das Leben ohne Humor? Und da ich auch gerne lache, ist es mir schon immer ein Anliegen gewesen, der Leserin und dem Leser meiner Texte ein Lächeln ins Gesicht zu zaubern.

Ich hoffe, dass mir dieses Vorhaben mit »15 Gramm Humor – Lachmuskeltraining für Jedermensch« gelungen ist.

Es grüßt Daniel Gelhorn